李潼少年小說創作坊

李潼◎文

〔自序〕
分享

自一九八〇年以來，我從事的文學創作以少年小說為主要，這方面的寫作量和思考也相對較多。寫作期間，每年總有五至十五場不等的各式演講，主要的講題也在少年小說創作方面。慣常的，主辦單位會要求在演講後段開放為「答客問」時間，作為講師的我與學員即席公開問答；即使主辦單位不要求，這也是我極為樂意的「任務」。

這項「任務」，因為學員在少年小說創作經驗和對少年小說認知上，差異不小。我手持麥克風自說自語了大半時間，的確有責任義務在自由開放的「答客問」時間，設法滿足不同的需求。儘管有些問題龐大得一時說不清，若干徵詢讓我覺得無趣，更有些疑惑我也答不上來；但我的率直和誠懇的答覆，滿足了部分學員的求知，當我坦承不明白時，也得到令人釋懷的諒解。

為預留「答客問」時間長短，我通常在演講序言便預告所有題綱、演講重點和時間的大致配當，並建議學員以書面便條將問題在任何時間傳遞到講臺來，便於調控。這些問題的部分，收錄在《李潼少年小說創作坊》中，讓我在這次的書面答覆時，再度想起當年言說的有趣情境。

書中的提問，來自遍及臺灣北、中、南、東與若干大專院校師生座談及與報刊雜誌、電視、廣播的編輯、記者和主持人的對談。

有張子樟先生安排的花蓮師院語教系藝文夜話、李麗霞女士主持的新竹師院少年小說座談、張湘君女士促成的國北師兒童文學講座、徐守濤女士熱情開展的屏東師院語教系師生少年小說座談，及許建崑先生邀約的東海大學日夜間部中文系少年小說夜譚……以及李倩萍女士擔任總編輯的《兒童日報》編輯成長營，和《國語日報》、《幼獅少年》、《中華日報》、《臺北電臺》、臺灣電視公司等等採訪。

這次重看訪談紀錄、聆聽錄音帶及篩選各式紙張的「發問單」，那些隻身遊走南北，與舊友新知群聚一堂的熱烈景況，竟比細看「問題」更「歷歷在目」，心神飄回那種歡笑和亢奮的美好氛圍。

當年的即席回答，與今天的書面作覆，儘管縮結著相似的氛圍，但內容會完全一樣？

時隔日移，縱使有紀錄和錄音帶為依憑，其中若干說法，我竟已不再認同。我對少年小說創作的理念，縱有脈絡可尋，但也做了若干修正，調整為能說服我自己的所謂正確。

正式動筆那天晚上，我又連夜向多位少年小說創作作家、學者和兒童文學研究生發出「徵題函」，懇請他們就「少年小說創作的疑惑、質問及應當包含的任何問題」提供十至二十則問題，三天後，我每天收到幾封限時信函，多數的朋友都「違約」提出超過二十則問題，他們以此表示了大度與熱忱，及對這一寫作計畫的關切。其中以張清榮先生的三十五則問題居於領先、吳燈山先生的回函最迅速、游鎮維先生回函兩次最積極、洪志明先生的電話傳真最即時、馬來西亞愛薇女士的來函最遙遠、而王淑芬女士的問題則數「最標準」，她和林世仁先生、周姚萍女士的提問，相當切合鎖定「少年小說創作」的主題。

為表示我的感謝與尊重，在篩選出來的每則問題，亦附上提問人所在區域和大名，佚名者也按上當時聚會座談的地點和名稱，因為這些標註也同時透露某種訊息。

蒐集來的眾多問題，我只能選出七十八則公開回覆，原因在於：

- 類似問題加以統合。
- 以「少年小說創作」切合度較高問題優先。

．捨去比較性的專有名詞界說和歧異等問題。
．坊間少年小說論著已透析的問題不再重複。
．要求對特定文友作品簡約月旦的問題不予置評。
．個人家庭、情感或成長過程問題不必涉及。
．龐大的難以千字回覆的問題另文作答。
．不能確認的理念待充實思維再細談。
．整體篇幅所限，它日另行結集出版。

這些懸而未決的問題，容我留待另一個更合適的來日，再行答覆，也許改變另一種作答方式，可能以口頭或較大篇幅提出一己之見，希望屆時的自己，一樣保持清明，甚至有更為精進的見解。

從事少年小說創作二十年，累積了三十多部長、中、短篇少年小說集作品，也存藏一些有趣經驗。某些脫稿當時覺得滿意的作品，才出版便有了另樣評價；

某些作品的處理手法，日後再看，竟對其中的高妙，擊掌稱好，完全忘了「莫道己長」的儒家教誨；某些寫作當時無能解決的心理刻畫，至今仍莫可奈何；更有些微妙情境的安排，試想今日再重寫，竟已沒有絲毫把握了。

這些經驗，無關「悔其少作」；無關「敝帚自珍」，因為今日畢竟不是昨日，昨日之作在脫稿完成的一刻，是真誠、珍重的端捧面世的。所有回顧，唯有「趣味」而已，更該使力的是今日與明日之作。

創作實務與創作思維，總是互依共生，它們互為發現與驗證，在腦中生出一些條理；在稿紙上生出若干作品。

這些創作條理，除了從創作實務出發，也本自閱讀體會——中外少年小說作品和理論研究的閱讀心得。這些創作條理，可以是清晰的，但一位創作人卻寧可對它保持隱約的清晰或清晰後的朦朧，以防它成為創作的骨鯁或框限。所以，只有極少的創作人如同研究生般鑽研理論著作，創作人尊重專業的研究，但保持審慎選擇的空間，因沒有一論著可當寶典來用，其中不乏還有些偏漏和盲點。本書《李潼少年小說創作坊》，亦可作如是觀。

《李潼少年小說創作坊》比較偏重在創作思維與創作技巧的分享。這些具個人色彩的思維和技巧，我希望能含有共通經驗，也就是能讓不小心讀到本書的文友、理論學者、修研兒童文學的學生，有些適切的察見，若是好奇心較重的文本讀者，能從我的作品中得到某些發現的趣味，也是不錯。

不過，有識的讀者當知道，儘管這些作答內容是我「自以為是」的，是我寫作經驗的累積，並願以此為基礎，在未來的寫作生涯繼續調整與琢磨；卻不表示我已完全達到那種思維的境界、那種技巧的熟練，所以，不必以我過往的作品來檢驗它們的正確，甚至作為你同意與否的標準。

就像念過幾年書也熟知某些格言家訓，並在今時今地仍確定它們值得尊崇的我們，往往還不能「澈底執行」；但「雖不能至，然心嚮往之」的繼續鼓勵自己能那樣合度。我分享的創作思維和創作技術，一部分對我也如同我願遵循的「格言家訓」，只是努力合度而已。

讀者對它們的「正確」或「同意」標準，理當回歸創作實務，回歸自身的體會，不必以我過去乃至未來的的少年小說作品可能的缺漏，而半絲半毫的影響它們存在。

在這種種心情寫成的《李潼少年小說創作坊》，朋友們將會如何解讀，我是無從揣測；但我坦率、誠懇的將多年琢磨的心得分享，卻先嘗到喜樂的滋味。

目錄

當溯源香魚，遇上攔砂壩及探尋魚梯。

南向避冬的黑面琵鷺，在座頭鯨背歇腳。

諸葛亮陪劉備、關羽和張飛，看望不明飛行物。

〔附錄〕

尋根者進入太空迷航與發現

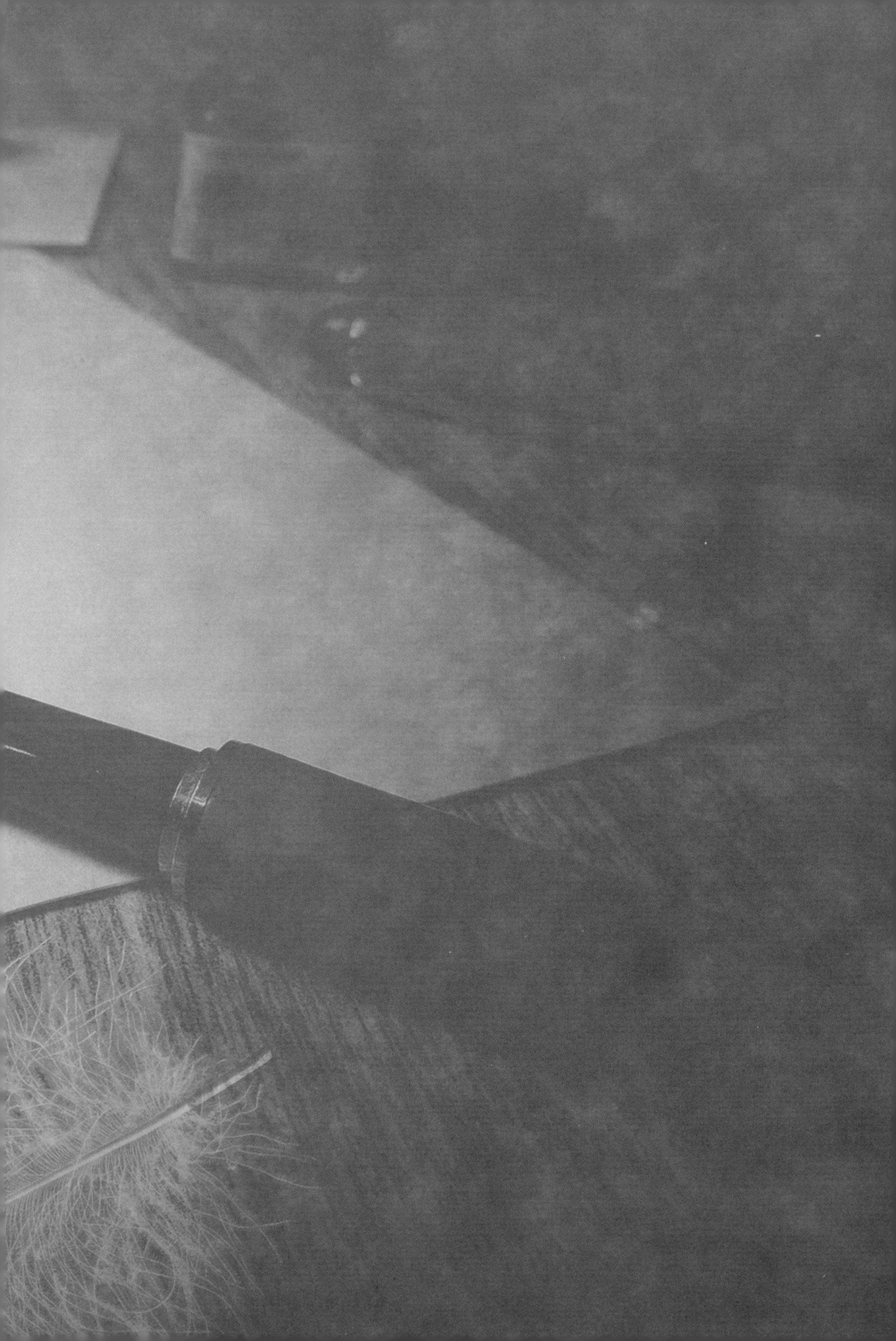

鋼筆與稿紙對話，
有玉蘭花香和曙光介入。

成為一名少年小說作家，應具備什麼條件？（羅東／祝建太）

李潼：僅僅是「少年小說作家」，還可以細分好多種類：至少有創作者、翻譯者、改寫者、「綜合者」及業餘者、專業者。以作品量而言，有三年一篇的學徒型、一年一篇的候鳥型、一季一篇的四季型、初一十五拜佛型、每週一篇禮拜型和終年不休的拚命三郎型，不一而足。

各種類型的少年小說家，必然也擁有各別不同的寫作條件，若以「初一十五拜佛型」的少年小說「創作」為典型取樣，他可能最好具備幾個寫作條件：

- 對小說文學的熱愛，列屬「生命價值排行榜」的「優先集團」——「財富誠可貴，名位價更高，若為文學故，兩者皆可拋。」
- 對於各世代的少年身心感知具高度關懷，以人道精神和少年同理心，而有話要「小說」一下的呈現，或導引他們的生命情趣。

- 檢查自己的寫作天分：從生活中發現和培養與眾不同的點子、勇於發表的意見、敏銳的觀察、自成邏輯的歸納、豐腴的美感、知行合一的執行及「打死不退」的完成；再從文字書寫中將它們「秀」出來。這「天分」非但不是抽象，更能在具體生活中驗證。
- 驗證寫作天分，終究得從生活與作品中自我建構一套查核標準，這裡容有「比較問題」，有從獲得發表機會和得獎紀錄的客觀因素，但它們「僅供參考」，因它們浮動不可靠，唯有從自我主觀中的細微項目去評量，才接近真實，才可長可久。
- 最優秀的少年小說家需要九十九分的努力、九十九分的天分和九十九分的興趣，以及三分的機運，才能持續的寫出優秀的作品。努力、天分和興趣不同涵量的作家，將完成不同質與量的作品。
- 作家和坐椅常保一種和諧親密的關係，「坐功」是作家的基本功夫之一。

• 作家不將孤獨視為寂寞，不將收集、歸納和組織構思的工作視為痛苦折磨；反之是一種清靜的享受，一種「頭腦體操」的快活。

• 努力保持一種良好的自我感覺，不讓「失敗主義」近身，抵禦酸腐之氣侵襲。而對無理取鬧的挖苦給予悲憫；對嘲諷以遺憾；對嫉妒以寬容；對誠懇且中肯的指教予以感謝。

• 對萬事、萬物感興趣，更不畏怯遠近生熟的所有人。給予軟弱的人同情、鼓舞和鞭策；給有力人士讚許、加把勁；或在他仗勢欺人時予打擊——這是作為一個人的基本態度和使命，更是作家天職。

• 認定作品才是作家的身分證，至於權勢、名位、職稱、資歷甚至年齡、性別都遠在旁次。

• 不以零星發表為滿足，應有一個寫作計畫為主軸。有些文友抱怨出版機會不多，一旦獲得機會卻又只能找出小說、散文、雜文、劇本、評論、童話各若干篇的作品合集成冊，這便是缺乏寫作計畫的尷尬常例。

- 珍惜生活的直接經驗，更看重來自觀察、聽聞和想像的間接經驗。
- 多讀書，讓讀書計畫和隨興讀書並進，報刊雜誌和類似「青少年白皮書」的研究調查報告同行。
- 隨身、隨車攜帶紙、筆和照相機，為逐日老化的記性「進補」，尤其對那些「值得一記」的片段事件、瞬間的感動、震撼或厭惡的種種氛圍，讓它們記憶猶新。
- 不排斥新題材、新表述、新旨趣，讓寫作生涯源源注入新活力。
- 深切體會現實生活的我，和小說作者的我區隔，及其他人、事、時、地、物，進入與抽出的微妙功夫。
- 在任何寫作階段皆不忘鍛鍊文字，讓它的準確、通暢、美感和風格合宜的安置在不同的作品。

• 在掌聲中心存感謝而冷靜；在困頓中大力為自己打氣。
• 在撰寫少年小說時，認定自己是一名毋庸置疑的少年小說家。

……

2 少年小說（兒童文學）在許多人眼中，是「小兒科」文學，您有什麼認定和對應之道？（一九九五年臺灣高中職學生文學研習營）

李潼：以「小兒科文學」來形容兒童文學，實在精準極了，發明這比喻的人，若投入兒童文學創作，應當能寫出不錯的作品。

「長大不少」的少年小說，向來歸入兒童文學範圍（感謝「小兒科文學」容納它，否則一時還真難有去處），受到小兒科的家庭式照顧。我們知道，在醫療系統上，小兒科獨立於內科、外科、精神科、泌尿科……的成人科別之外，其實它的可用資源是跨越科別的，隨時可以動用其他專科醫師來會診的。小兒科是很大的一科。

的確有人提到兒童文學（少年小說）的「小兒科」，含有調侃的意味：「抓些小貓、小狗來逗小孩」、「畫些大餅騙小孩」、「好端端的大人為什麼開小車」。這樣的成見，因為他對「小兒科」缺少認識，於是我們更要加強他的了解，促使他自己或攜帶兒女來「掛號」。

少年小說（兒童文學）的「弱勢團體」形象，有那麼明確嗎？只要文學界、出版界未曾「明顯而立即」的排斥，為什麼非要成為顯學、主流才能心平氣和？反過來看，假若少年小說（兒童文學）是臺灣文學界的「熱番薯」、童話是日本文學界的「櫻花」、神話故事是韓國文壇的「人參」、寓言是中國近代文學的「炸子雞」，不也是很奇怪的事？

少兒讀者因「經濟未獨立」、在媒體上的「被動意見」、在閱讀上「二手選擇」的形象，也是許多人「小兒科」文學眼光聚焦的間接主因之一。鼓勵少兒擁有經濟能力，這不切實際，但任何區域的兒童文學界，倒可以創造機會和鼓動風氣，促使少兒讀者在大眾媒體提出「主動意見」和閱讀上的「第一手選擇」。

所有問題的根本，仍得回歸「反求諸己」。少年小說（兒童文學）創作人和工作同行們，在標舉這一行的能見度的同時，最該用力的是少年小說（兒童文學）在文本上的創新和開展。一丁點被貶低、被漠視的自我感覺都不應當存在。

「妄自菲薄」的感覺，已近似「自暴自棄」，是一種印堂發黑的晦氣；一種很不光鮮的形象，與少年兒童做心靈交流，為他們提供讀本的「小兒科文學」工作者，怎能有這樣的晦氣形象？當然不行！

3 我喜愛寫作，常買稿紙，但寫不滿意，常撕稿紙，消耗量很

大。不知您如何處置這種稿紙？（一九九五年臺中縣教師兒童文學研習會）

李潼：任意撕毀未完成的稿紙，是「不良寫作習慣」之一，罪狀如下：

一、雖說寫成爛作品發表出版，浪費地球資源；但任意撕毀未完成稿紙的行為，不經公正人士裁判，即可一審定讞：嚴重浪費資源。

二、破壞寫作情境，並波及相關人士。

三、累積寫作挫折感，傷害寫作意志。

四、疏忽落筆前的構思功夫，嫁禍於潔白無瑕的稿紙。

五、為後起寫作人的不良示範。

六、徒令寫作文友，招惹「撕紙人」的惡名。

附款：任意塗銷文書檔案之電腦書寫人，以上罪狀，比照辦理。

一刀稿紙值不了幾個錢，但以撕毀稿紙代替修改的動作，太決裂、太草率，負面作用相當大（如前述罪狀），顯得很不負責任。

為什麼不以精細的小字句剪貼、大段落的黏接，代替「殃及無辜」的撕毀（塗銷）？修改文稿，因要顧及既成的前言和後語，相當麻煩，在稿紙行間塗塗改改，又弄得原稿雜亂「無章」，一把無名火升起，很破壞書寫情境；但比起一撕兩半，揉成團的扔進字紙簍，一切回歸原點要來得好。撕毀稿紙的動作，有點像百米賽跑的選手，老是在起跑點不遠處踅返，重新蹲著，這一蹲七、八回，對賽跑意志的傷害太大了。

以精湛的剪紙手藝，剪一方塊或一條空白稿紙，細緻的黏貼在錯字上、在不盡滿意的段落上，比起撕毀稿紙，的確需要加倍耐心。這緩緩剪貼的功夫，卻也有平心靜氣的功效，說是「自我懲罰」太沉重，其實它頗有提醒之妙——若想少找麻煩，那就動作周全構思，落筆恭敬謹慎。說「吃燒餅哪有不掉芝麻」好笑，一篇小說的確難免修改，這剪貼修改的動作，其實頗富儀式之美——莊重虔誠的如坐佛前悔改，如在天地間彎腰拾穗。它直接作用的「悔改」和「拾穗」之外，對後續的文路耕耘、情節播種，常有意想不到的牽引。

文學創作基本上是一種獨立作業，是相當自主、自由的心靈活動，寫不順手要自我負責、自我省察。怪罪原本寫得挺順的鋼筆變得不好寫、嫁禍電腦程式笨死了、或賭氣般的撕毀稿紙，真需要好好做個寫作心靈改革，重新認識寫作這種「家庭手工業」的權責本質。

浪費地球資源與任意撕毀稿紙的關係，誠屬「象徵」層次的幽默一則，而它的負面心理作用，卻是值得實際重視。一百張稿紙撕毀三、五張還情有可原，若一刀稿紙留不下三、五十張，寫作之路遲早要亮紅燈。

4 參加少年小說研習營，對於少年小說創作真的有幫助嗎？能否直截了當說出您的看法。（一九九一年臺北縣中小學教師兒童文學營）

李潼：直截了當的答案，只有三個字：「不一定！」你覺得這回覆還不夠坦率，因你心中已有一個偏近「沒有」的答案（否則疑問何來）。我卻不相信冒著酷暑來參加為期一星期兒童文學營的百多位學員，在課程進行第三天，還覺得一無所獲。

這三堂「少年小說創作」，儘管只占這次兒童文學研習三十六堂「通識課程」的十二分之一，如同前後講師講授的童話、童詩、兒歌、散文，其中必有珠璣，而我也是有備而來，肯定有學員受益。

我個人在一九八四年夏天參加過在屏東佳冬念佛會舉辦的「慈恩兒童文學營」。據我所知，這次的少年小說創作專題研習，在臺灣是開風氣之先的，我和洪文瓊、許建崑、洪文珍、吳英長是五位駐會導師之一，因全程陪同聽講，也是成色十足的學員。

我的會後感受是：獲益良多。其中「利多」還不完全來自少年小說創作理念的釐清、創作技巧的再認識（因有些理念和技巧我並不同意）。主要來自全體講師和學員互動的熱烈氛圍——少年小說創作是可以「如此焦灼辛勞得這般甘美」——一盆被點燃的創作之火熊熊燒起。

非正式的統計，每年在臺灣各地舉辦的兒童文學研習會，不下二十場，會期三至六天為主，絕大多數是包含兒童文學各種體例的通識課程，如不安排集體住宿，也難以實施「創作晚課」。

專題研習和提供學員日夜食宿，一定有諸多困難，所以近三十年來，克服萬難，設立營地的兒童文學研習屈指可數。

「慈恩兒童文學營」由作風嚴謹和膽識驚人的洪文瓊老師總策畫，由高雄宏法寺總住持開證法師提供經費和幾處道場為研習營地。令我懷念的一九八四年「慈恩兒童文學營」，便選設在臺灣南端的屏東縣佳冬鄉，尚未竣工的佳冬念佛會大道場內。

男女學員分住左右香客樓，每日研習，吃齋、不燒香、不禮佛；想家，不離營；寫作，不寫信；討論，不吵鬧。在氣溫高居不下的南臺灣，享受了五天四夜的文學清涼。

其中的兩個夜晚，學員散落道場各處，通宵趕稿，一夜寫成四千字作品為「普級」，有人居然能七千字一氣呵成。驚人的是，各個目光如炬，精神奕奕，彷如吃喝了某種偏方祕藥，第二天上課，依然是一尾活龍和一隻彩鳳。

其中兩晚的藝文夜談聚會，駐會導師和學員以隊為單位，各看風水，盤據一方。熱烈而神祕的談話氣氛，直教慈悲佛祖都不得不側耳傾聽：「少年小說創作也這麼有得談？若將佛法交給他們，說不定也能悟出妙處。」

比駐會導師年長的學員為數不少，他們被燃起的創作之火，令人不敢逼視；而在場面對「青年才俊」的駐會導師們，哪敢輕言撤退。少年小說創作的談論，不僅在學理兜轉，當然也涉及大千人生，因此，講師與學員都能各有體會。

任何一位有心於少年小說創作的文友，不論才情高下，經驗多寡，在「規畫良好、準備翔實而表述清晰」的研習課程，必定能獲得不同程度的啟發——這裡還涉及學員聽講能力、領悟資質、問題的掌握水平及發問的勇氣，也就是學員本身的條件。

少年小說的創作能力，除了外來的點撥指導，創作人的才情和努力更占重要成分。冀望在一場研習會後，創作能力如春筍竄升，或如虎添翼，都是不切實際的遐想；何況，講與聽之間存在著誤解，以及不適用乃至誤導的理念和技巧（這思辨的功夫太重要了）。

文學創作是一件非常個人化的工作，再好的理念傳授和技術指導，落到書案上，仍舊是一燈、一人、一紙、一筆去完成，這項獨立書寫的動作，才能確實驗證「研習會對少年小說創作真的有幫助」。

我想，不論少年小說創作學員具備何種程度，將來何種讀與寫發展，能夠在研習會感受到「原來有這麼多人喜歡這件事」、「居然還有人比我更熱愛這件事」或「我是孤獨而不寂寞的寫作人」，這研習會已具有一定程度的價值。這是可以直截了當說：「我確定它是美好的經驗，如同我在一九八四年夏天的感受。」

5 寫作很痛苦，寫小說一定更辛勞，您是怎麼刻苦耐勞？

（岡山／喬倩）

李潼：成為一名文學專業寫作人，是我選擇的，沒人強迫我，也強迫不來。我歡喜甘願，過得很好，從無「刻苦耐勞」的沉重。

這選擇的過程，已經衡量過自己的文學創作能力、斟酌過書寫興趣的濃度，以及若干外在條件的配合。倘若在寫作的某個階段，竟覺得不可承受的痛苦，感受到無力擔負的辛勞，有這種狀況的朋友，除了放鬆自己，檢查這是一時的「身心瓶頸」，還是「此路不通」的警訊，更應對當初的選擇重新審視，也就是當初對主觀的能力興趣和客觀條件的評估，是否出了問題？或經時日移，「昨日之我已悄然轉變」？

業餘寫作的朋友仍然居多，但這些朋友在諸多的業餘生活項目，之所以選擇寫作為消閒或志業，肯定也有能力、興趣、機緣、抱負的種種理由。基本上也是無人可強迫，更強迫不來的。

文學書寫工作的完成，和多數的工作一樣，需要能力和耐心去具體實現，尤其面對創造的難度，心與力不能同步進展的焦灼、日常生活的不如意、作品不起共鳴的挫折、內外在的時間壓力，對能力和耐心都是一波波的挑戰。

面對挑戰是個苦樂參半的過程，而苦與樂的消長，往往又以興趣的濃淡為調控。當興趣與工作高度密合，成為一種熱愛，它化苦為甘，化辛勞為痛快的神奇力量，真是人間最美妙的狀態之一；人類最出色的智能開發、最亮眼的發明，無不在這種狀態中生成。

遺憾的是，在我們身旁，不乏有些文友、學者，基於性格養成、基於所學傳承、基於人云亦云的刻板思維，總不能看見那苦中之樂，不能發現辛勞中的暢達。反過來，還要在言語和行動中自我強化那「痛苦」和「辛勞」，落得身心俱疲，並殃及無辜。

或許真有人對於寫作的創作、翻譯、改寫或研究，在某個階段感到痛苦不堪、辛勞難受，表現出「江郎才盡」的能力不足，而也確認原初的興趣已淡薄。我倒想奉勸這樣的朋友：放下，至少暫時放下。寫作只是人生的一部分，人生還有很多選擇，寫作的苦樂辛勤都是過程的感受，若不能感受其中甘美，展望到完成後的愉悅，這作品的內在質素難保不有酸腐之氣。「階段性任務」的完成，也可告慰了；留得「青山在」，好好去享受另一階段的人生，畢竟，人生的終極追求，不為痛苦，不為辛勞。

6 作為一名少年小說作者，該有什麼信仰理念？（臺北／王淑芬）

李潼：少年小說作者的「信仰理念」，得包括作為一個人和作為一個文學創作人的雙重身分，該有的人生信仰和專業理念吧？

在這「信仰理念」之前，若覺得自己過往的少年小說寫作成績也看得過去，或對自己即將發揮的潛力有一定的自信，不妨先將自己看待為一名「少年小說作家」。由這樣鮮明的身分、一定程度的自信來釐清「信仰理念」，可以更當真些。（我們很少聽見老師們自謙是教員、教者；很少聽見素描基礎還有極大訓練空間的畫家自謙為畫者，常聽見詩、書、畫、印缺三落二的書法雅好者自許為書法家。你何不也將「作家」這個行業類別，自我莊重的貼上標籤？）

我們相信：身而為人，一定擔負了某些任務，我們不確知，所以要去尋索。

我們相信「人生不如意十常八九」，但種種過程和結果，必有歡喜在間縫竄出；有甜美在不經意處生發。我們願意擴散這樣的歡喜甜美，在自己的人生及於旁人的生命，因我們堅信苦中有樂、悲裡有歡，「人生不為痛苦而活」。

我們相信人之初，性「向」善。世間的醜惡，都有變美變好的時候，只要不放棄，機會常在。

我們相信：所有義務都是甜蜜負荷，任何權益都有分享的可能。

我們相信：被愛是值得感恩的幸福，愛人是可以無償的付出，而愛與被愛的結果，不必留下傷害的烙痕。

我們相信：悔改是一種新生，寬恕是值得嘉許的氣度，互信互愛的境地，讓我們嚮往。

我們相信：純真的底蘊含藏多量的善良，值得疼惜把握。必要時，我們將挺身而出，成為純真的捍衛戰士。

……

作為一個少年小說作家的文學人，對於專業理念，我們永遠有許多課題要學習，並在理解中由作品付諸實現。

我們理解：所有的學術理論都為了與文本相輔相成，那些條理不是繩索，框架不是囚禁，它們都為創作釐清，供創作者牽引攀拉、供他更上一層樓。我們敬重專業，尤其用功的專業；我們不崇拜權威，尤其對缺少發現、沒有主張的權威不在乎。

我們理解：少年讀者裡，隱藏著未來的傳教士、教育部長、總統、清道夫、電腦程式設計師、導演、綁匪、殺人犯、竊賊和許多的「為人父母者」，我們今天的小說作品，對他們的作為和「關鍵的決定」都有長遠影響。

我們理解：少年小說的主題、內容和「說故事的方法」，一定有極大的探討空間，我們不抄襲自己更不抄襲別人的作品。我們的體態逐日蒼老，而心神日新又新；我們的行動在歲月中遲緩了，遲緩得像一隻划水的鴨子，思辨力卻如機敏的兔子，相信自己會老成一個好笑又可愛的模樣。

7 少年讀者為什麼「會看這本」小說？他想獲得什麼？一位少年小說作者又怎麼知道？（新莊／陳素宜）

李潼：真盼望有幾位用功的兒童文學學術研究者，能設計周延的問卷、適當的取樣，持續性的提出「少年讀者為什麼會看這本小說」的調查報告，讓少年小說創作者知道其中一項的「他想獲得什麼」。

若不，真期待少年讀者能投書到出版社、報刊或寫信給作者，直率的說說「讀前預感」和「讀後心得」。在為數可觀的親子讀書會，向能言善道的媽媽們爭取發言權，以第一順位讀者的身分發表感言，讓少年小說家聽到部分「回音」，為下一部作品的創作考量之一。

若這兩種「民意調查」都單薄或落空，少年小說作者總得「自力救濟」，「無所不用其極」的去探問，或「不擇手段」的去揣想了。

少年小說作為不具閱讀拘束力的課外讀物，少年讀者抱著享受閱讀樂趣的心情來接觸小說，應是可理解，也是應被尊重的。我始終不太相信，有幾個「正經少年」肯抱著「聽訓的心情」來拜讀小說，接受教誨。

閱讀的樂趣自然不是相對於嚴肅的閱讀，自然也不等同於不正經、輕慢、瞎鬧、逗樂或爆笑的閱讀享受。而是有個不設防的心情，在具真實感的文字虛構世界，享受陌生且熟悉的曲折情節、意在言外的隱喻、追索「為什麼會這樣」的故事謎底。

其中當然有詼諧歡暢、有壯烈激昂、有悲憫悽惻、有苦澀難嘗，不論什麼樣態的情境氛圍，最重要的是，能看到一個好故事。至於「寓意極深」的主旨道理，請一定要埋好，埋得深淺適中，如紅蘿蔔、地瓜或附有尋寶圖的寶藏，別像橫梗在路中的鐵蒺藜、據說是紫水晶的大頑石、或裝滿甘泉卻攜帶不便的大陶甕。

少年讀者在多元化的閱聽選擇中，選擇了少年小說閱讀，他能「獲得什麼」，基本上不是「想」來的；而是他更喜歡在閱讀樂趣的無意中獲得或事後發現——類似靈光一現的猜中燈謎，或補對彩券的意外中獎。

採用「將心比心」來揣想讀者「想獲得什麼」的少年小說作者，若僅以自己在二十年前、三十年前甚至五十年前少年時代的想望，來設想現代少年讀者的需求，未能體會「古今」不同，已橫渡三、五十年時光，雖有「一片好意」，若又不能說個有新意的老故事，而捧著作品堅信少年讀者一定能「獲得什麼」，也就太「強人所難」了。

少年讀者為什麼「會看這本」小說及想獲得什麼，如同少年語文能力、心智發展的個別差異，這「問卷」可難做了。不過，這裡有個「著毋庸議」的答案是：沒有一個少年讀者不愛看精采的故事。那麼，少年小說作者最需要「自力救濟」的，顯然是先將自己訓練成一個說故事高手吧。

8 「文如其人」的成分高嗎？因此，少年小說作家的性格該較具「向陽性」嗎？（臺北／王淑芬）

李潼：這問題隱含「少年小說的整體呈現應該是比較光明的」；這問題也顯示若

干小說家疑慮自己的性格不夠「向陽」，希望在文與人之間有所調控和發揮。

少年小說的光明色彩，應當是有益「未來主人翁」的少年讀者認識這世界，抱持更有希望、有勇氣的人生態度。

然而，「少年小說家的光明色彩」，並不是意味它只「報喜不報憂」、「審美不見醜」；並不要求每位作家的每部作品都這麼燦亮光明。一致的瑞光普照，據說存在於天堂，而人間畢竟不是天堂。少年小說情節若只是一路的光明，那多乏味、多刺目、多麼脫離現實？

小說作為「比較客觀性的文體」，它具體而微演繹的人生諸相，儘管體貼著少年的生命觀照，依然容有藍與黑、光明與黑暗的人間百態。我們願意讓這文體有較強的光明性格，但不排擠性格的多種樣貌。於是，任何作家的「基本性格」，在小說創作上的空間，從來不受局限，在廣大的小說世界，向來都有伸展之處。

小說這文體，最喜愛多重性格的作家。放眼我們最出色的小說前輩作家，無一不是擁有「難以捉摸」，難以用星座、血型、生長環境去歸類的「豐富性格」。真要歸納他們的共同特色，唯有熱情一項——外顯的或內斂的生命熱度，其餘的界定都失偏。

自古以來，無論中外，我們可以輕易發現作品與作家並不契合的證據。某位作家某部作品或許與他在某個階段的人格、境遇相關；某位作家的全部作品隱含某種貫連的文氣，這也是可能的。但反過來檢驗是否「人如其文」？達到書中誠實和信義的標準，顯然是粗糙的忽略了「創作心理學」中的補償作用、移轉效應和追求的願望。

窮困的作家寫出《大亨小傳》、刻板的書生寫出《西遊記》、難得出門的女士寫出《飄》，我們看見了作家性格的驚人可塑性，看見作家也被小說寫了一回的成長，同時也看見「文如其人」的被顛覆及意涵的再擴展。

一位生長在紛亂家庭的作家，能寫出「甜蜜的家庭」，他的性格自我成長，多麼讓人驚喜，這與「誠實」何關？那境界早已超越了凡眼。一位瘦弱娟秀的女作家，因自覺、因性格的自我成長，寫出大氣磅礡的作品，這般的「文如其人」，該用何等深邃且開闊的眼光才能察見？

小說（少年小說）作家，要刻畫各種性格的小說人物，要在情節中扮演憂憤的男主角、浪漫的女主角、唯利是圖的社商、斯文且富正義感的書生、無能為力的女巫，他對性格的關切，除了「向陽性」，更需關切的該是「多元性格」的個別揣摩。至於要不要內化為自身性格的一部分，豐富自身的性格？是排斥與否及選擇的問題。

9 作家必須是個「歷史通」，才能創作歷史小說？（高雄／吳燈山）

李潼：因為考慮少年讀者的閱讀承受力，即使長篇小說的篇幅，頂多也在十萬字上下（系列性或組曲式的作品除外）。以臺灣的少年小說史來看，多數作品都屬三、五千字的短篇和四萬字左右的中篇。

儘管篇幅大小並不絕對限制歷史小說的時代長短，但小說家以斷代來處理歷史小說，觀照能力之外，其實已受到篇幅有限的影響。

小說家對於屬意的某個斷代歷史背景多加了了解，當然是必要的，這可以讓小說素材的選用更充裕，但這「歷史通」要「通」到什麼程度，就得看作家要藉由這段歷史說一個什麼樣的故事，我們要在這部「歷史小說」說什麼「自己的話」。

比方一個大廚師去菜市場採買，他對於各個市場的貨品供應都有全面的認識，當然也不壞。但預備上桌的菜色以海鮮、素菜或麵食為主，他關注的目光和走動的攤位便有差別，加上他為賓客設想的健康活力、清心修身或飽脹滿足，他選購材料的質與量又有不同。

總之，他這個「菜市場通」，在選材上，以本次宴客特色為最高考量，有重點性的關注，有選擇性的採買，他總不至於為表示「菜市場通」，整攤整攤的買回擺進廚房及冰箱。

作為一名少年歷史小說家，還有比「歷史通」更值得注意的事：對「正統歷史」形成的認識，小說家的歷史解讀權，希望少年讀者從這段歷史了解到什麼？以記載王侯將相、勝王敗寇為主的「正史」，曾受過多少政治意識偏曲、受過多少有力人士扭轉？在世代的長河裡，它能浮現多少「真實」？意義又何在？

小說家願意站在官方立場、常民角度或第三者位置去看待「正史」？或就以「正史」為背景，以小說之筆去探索正史煙塵下永遠的第一順位承受人——不被記載的常民的悲歡離合？這裡的正史另類解讀權、想像空間和組構的創造，真有勁！

有意公開發表的少年歷史小說，便不能不考慮這重新建構的歷史，對少年讀者提供什麼樣的省思空間。

《戲演春帆樓》呈現芸芸眾生在少數王侯將相掀起戰爭後的命運，這部小說甚至顛覆了中日甲午戰爭的結果，將馬關春帆樓訂定的割讓條約改換了頭面，而且多達三個版本，讓少年讀者看看勝敗逆反的局面，設身在不同的處地去想想，想想戰爭到底是什麼東西？想想是誰在什麼情況引發戰爭，是誰以什麼心態慫恿戰爭？是誰以漠不關心默許了戰爭？而在戰火之下，勝利國與敗戰國的民眾，誰又能置身事外？誰又是真正贏家？

「最殘酷的敵人，是戰爭的本身」，戰爭與和平的課題，正是《戲演春帆樓》主要的課題，作者以此來解讀這段歷史。

少年小說可以向其它藝術形式學習技法？如電影、美術、音樂、戲劇、舞蹈……它們的呈現差異這麼大，有可能嗎？（臺中／洪志明）

李潼：少年小說作為文學藝術的一種類別，小說作為藝術的表現形式之一，在「藝術不分家」、「萬藝歸宗」的大範圍內，少年小說不僅應當去觀察其它藝術形式的技法，更應該體悟「藝術同伴」別具一格的韻味。

少年小說作為「文字平面藝術」，比起其他「展演藝術」，似乎不具備亮麗生動的舞臺，然而，小說的「紙上舞臺」更有無形的寬大、容許無限的可能。

這「無形寬大」的舞臺和「無限可能」的發展，除了小說文學本身具備的「乾坤大挪移」、「遊走時空如入無人之地」、「解構真實為最迫人的虛擬實境」，只需藉由一紙一筆便可獨力完成的優異條件，必然也接受了來自「藝術不分家」的「同伴」滋養供給。

電影鮮明的「影像語言」，對於小說（少年小說）寫作人在場景描繪、人物刻畫，怎不會產生有力呼喚？電影剪輯的「蒙太奇」手法，對小說結構也具有點撥之功。

繪畫的構圖、色塊、線條乃至筆觸，當一位小說家定神欣賞時，對於文學作品層層疊疊的色彩，怎不會開啟五彩繽紛的遐想窗口？梵谷《群鴉飛舞的麥田》或范寬的《谿山行旅圖》，對小說的意境也有提醒之效。

11 成人作家不可能返老還童，只會逐日老去，在創作少年小說時，如何縮短與現代少年讀者造成的差距？（南投／郁化清）

李潼：若是成人作家能保持一種年輕心境，儘管容顏和體態在歲月的行進中逐日蒼老，仍然是一種返老還童吧？

所謂年輕心境，是旺盛的好奇心：對世間的人事地物都不以「理所當然」去看待，總要去探索它的多種可能，總要去看個究竟、想個明白。而且將「打破砂鍋問到底」當成一種樂趣，不怕惹來「砂鍋主人」的惱火和引發的尷尬。

年輕心境也是坦率而溫暖的，懷抱著「善解」看待人事，熱心的關切生命的變化，在勇於提出自己的看法時，也不吝在行動中加以表現。

年輕的心境擁有精確的觀察力、機敏的反應力和不被拘束的想像力，它生氣勃勃，表現出廣大的發展空間，不可限量的未來，一如赤子，何老之有？

而這樣的年輕心境用在任何世代都是生猛的，也是合宜的，隨著歲月推移，在小說創作時，不僅足可掌握「文學的永恆主題」，要發現時代新主題、新素材也不成顧慮。怕是心境隨歲月老化，而又刻意要縮短成人作家與現代少年讀者的寫讀差距，這樣的差距在不自然的強力運作中，更可能造成釜鑿的裂縫，甚至鴻溝。

12 一位少年，忽而被看作「小孩」；忽而被叫「你已經長大了」，那樣不確定的身分，該怎麼磨蹭過來？一位少年小說作家如何去看待他們和自己的作品？（新竹／李麗霞）

李潼：半大不小的少年，在這特殊的成長期，最感尷尬的莫過於此。這尷尬，也是介於兒童故事和成人小說之間的少年小說時常感受的。正式棲身在兒童文學範圍的少年小說，最常遇到的狀況之一便是：這樣的作品，難道你不覺得太超齡？或者，選用這種題材和語法，寫給少年看，你不覺得把他們看小了？

少年的身體日日長大，心理智識也無日不在朝向成人化發展；但如同新手開車，時常在緊要關口或突發狀況時不知所措，甚至失控，他們的應對能力指揮不了「大而無當的身手」，苦惱啊！

有智慧的、有心的師長親友，對待尷尬期的少年，都懂得以尊重現實的態度，為他們開放學習空間的努力，來陪伴他們度過這「渾身不自在」的時期。而不以「驗明正身」的懷疑，模糊他們的身分認定，嘲諷他們既成熟且幼稚的行徑。探索，是少年的性格特色。探索的基礎則在於自己爭取和他人給予的學習機會，在於自我和他人的尊重。

少年小說創作家的寫作過程，也不斷的在做探索的工作，探索各世代不同的少年身心變動，藉由少年小說輔助他們躁動的身心，和他們一起迎接成人時代的來臨，並鼓舞自己和少年永遠把握赤子之心的美質。

13

《順風耳的新香爐》作品中，男主角順風耳離廟出走，身上卻沒帶半毛錢，這種疏忽或安排，會不會太脫離現實？換了我，要是身上沒帶錢，一步都不敢出門的。（高雄／石姑）

李潼：順風耳離廟找尋新香爐，基本上已經是個超現實的、象徵意味濃烈的文學藝術安排；整個故事融合了超現實和現實，是虛構與寫實相互滲透的文學趣味。

作者當然也可以安排一段情節，讓祂荷包滿滿的出門，比如祂掏取媽祖廟的香油錢，或那三個來廟參觀照相的小夥子，因為如此這般而塞錢給祂……但安排祂身上沒有半毛「現實的錢」，不僅讓故事開頭的超現實機轉更合宜、更平順，接下來「窮光蛋」出門可能遇上的「貧困迫人」、人間處處有溫暖，或當祂是個半瘋的二百五，而急於打發祂離開攤位的情節，也就更有合情的伸展空間。

出門記得帶錢，是個正常的好習慣。就像一日三餐不過量、早睡早起身體好、每天至少蹲一次廁所，天天沐浴淨身、定時服用高單位維他命補充營養，這是一般正常生活的每日功課。

但在文學作品中，這些正常生活項目的被提及，都有它不得不提的安排，或刻意不提卻可造成某種效果的理由。即使是再寫實的「少年生活小說」，小說人物的一日三餐、蹲廁所，怎能為「忠於現實」，而「不為什麼」的以流水帳交代？

感謝這世界有了藝術，讓人類透過不同藝術形式的濃縮、渲染、刪節、凸顯的藝術手法，使我們免於正常生活的庸俗。經由藝術呈現的美好與醜陋的相互撞擊、真誠與虛偽的並生共存、良善與險惡的勝負互見，我們的生命更有光熱，對生命的行旅有了確認的選擇。

無論什麼類型的小說，畢竟還是以人生為底蘊。小說家「小小說一下」的故事，畢竟還有它的微言大義。小說家的心思在各種人生古往今來，以文學技藝去操作他能力所及的素材，為他堅信的「某個微言大義」服務，寫成一部小說作品。其中，最頻繁的思維動作，就是捨棄與取得。

就算號稱最寫實的紀錄影片、新聞報導，也要以它們個別的基準去捨棄與取得。即使是最誠實的家常閒談，交談的內容也經過個別口述者的選擇，而不是流水帳。

《順風耳的新香爐》中令人憎愛悲憫的男主角，身上帶不帶錢是經作者選擇的，它與凡常人生的現實無涉，它在文學藝術中的真實，不以個別的現實人生為核校。它是經過濃縮、渲染、刪節、凸顯後的真實，如同鑽石之於礦石、鹽晶之於海水，彩虹之於雲靄。

14 鄉土少年小說中，該把客語、臺語翻譯成國語再寫嗎？

（新莊／陳素宜）

李潼：我願再次提醒有關「鄉土」概念的多種問題，共同想一想：除了鄉村之外，鄉土能不能包括城市（比如繁華臺北新故鄉）？以臺灣為例：方言有多少種？城市或鄉村的方言使用，有沒有明顯差別？交通往來如此便利、大眾媒體如此發達，為什麼還有差別？方言的問題只存在鄉土少年小說？方言問題只存在臺灣少年小說？

少年小說寫作人，總得好好想一想這些問題。用功的學術研究者不妨也拿這來當課題，分析歸納為一部論文。

翻譯的信、達、雅原則中，至少包括直譯、意譯和音譯三種操作技術。「把客語、臺語翻譯成國語」也可參酌這樣的原則和技術，讓方言在精確、通暢和美感中呈現。

少年小說藉由人物和情節來鋪陳一個故事，連同場景氛圍、意象情境來烘托一個「怡情養性」的生命理念，小說語言作為一種文學工具，在種種風格特色之上，溝通的作用肯定要被看重。

少年小說創作者試著閱讀由自己陌生的「方言」翻譯為國語的作品，比如從泰雅族語大量「音譯」，需要一句一頓、一段三停的索看按語、注釋的小說；以自己熟悉「臺語」，卻從多量「音譯」文字去推測、從不節制的「直譯和意譯」

文字在腦中忙於再度還原、組合，當解進一步體會「該怎麼翻譯」和「該使用多少」的樽節。

少年小說創作者，不一定要擔任「還我母語」的角色（有人堅持要以文學平反母語、提倡方言或宣揚主張，又另當別論）。某些「方言」的特色標舉，即使在使用機會最多的對話中，只要「意思到位」，讓讀者感受到，亦可「點到為止」。而在對話之外的表述，仍有不可忽視的輔佐作用，比如「細妹姑娘向阿民哥說了一句『按仔細』向他致謝」，接下來的對話，儘管使用「正統」國語，讀者仍會記得細妹是個客家姑娘。

文法的不同，也可讓「方言」的特性凸顯出來，它連同「該不該翻譯」、「如何翻譯」、「意思到位」、「敘述輔佐」等等技術性問題，終究都得回歸「為什麼要運用方言」的思考原點來。

15 創作鄉土少年小說，方言的掌握應如何？（臺北／周姚萍）

李潼：這裡的「鄉土」，若指涉「鄉村」，那麼就是「城市」的對稱？若意涵確定，這裡的「方言」，是指「臺灣偏遠鄉間的鄉夫村婦的漳泉語系家常語」？也就是和「方言」可以包含的福州話、廣東話、山東話、江西話、安徽話、四川話無關？我們考慮的「方言運用帶來的一些困擾」，只是單就漳泉家常話而言，它和蘇北作家、雲南作家、東北作家或湖南作家的方言問題無涉？

這樣的提示，非常重要。

它讓我們發現這裡的「鄉土」和「方言」的界定是狹義的，是特定的指涉，它不是更廣義的「本土」，也不包含華語的幾千種「方言」。

我們常見的「鄉土素材帶來方言運用上的困擾」，關切的是漳泉語系。我們對於蘇北、雲南、東北、湖南文學作品的方言運用是另一種有趣的態度，連字義理解差異甚大的札猛子（游泳）、開懷（第一次生產）、吃生活（受到懲罰）卻能探索而得興味。

對於一個讀者（包括理論批評者），這包含意願的強弱、探索努力的深淺，與文學作品方言運用成敗與否的外部因素，息息相關。也就是說，在陌生卻可意會和理解的情況下，讀者的意願和探索，促成了方言的通暢；反之則意會之路阻塞、理解之道坎坷，閱讀的困擾便叢生了（這還不牽涉作者在方言運用的高明或拙劣）。

在讀者對方言運用的選擇性眼光仍然強烈存在，包容性的外部因素未被本土讀者普遍維護時，少年小說創作者更應在漳泉方言的運用，以敬慎之心去調控。

如同我們對於當代少年流行用語在少年小說的操作，漳泉方言的運用，首要考量也在「小說背景的風土特性」、「小說人物的身分習性」。絕非為使用而使用——使得一部小說彷如「漳泉方言大全」。

只有對漳泉方言認識膚淺的人，才會以大量的三字粗話表現「方言」，以大量的音譯卻難懂的方言為難不是漳泉方言的讀者。

事實上，以漳泉方言為主而不斷演化的「臺灣話」，傳承了許多典雅而精確的語言：歇睏、眠床、勇健、歡喜、癡哥、雜念、緣投，比起「國語」的休息、床鋪、健康、高興、色鬼、嘮叨、英俊更多了三分韻味。至於鮮活的俚諺格言更是傳神；形容氣喘的「燈芯火噴未熄」；形容莽撞的「青暝牛，不驚虎」；譏諷好吃懶做的「食飯食碗公，做事閃西方」；形容口氣之大的「呼水會結凍」，這些字與義皆不難理解的俚語，少年創作人可選用的範圍可大了。《臺灣諺語》臺灣英文雜誌社出版）

現行的少年小說語文，以「國語文」的普通話為基礎；而「語文成長」正是一種因需要、因機緣的有選擇性的寬容，自語文發展史來看，「絕對正統」的語文並不存在。

少年小說語文要永續成長，作家們得以敬慎之心，在需要中選用「方言」，給予作品活力，也讓文學語言注入生機。相對的，讀者對各種「方言」也能提出公平的包容和探索的努力。

16 少年小說的情節，如果有太多的衝突、高潮、低潮，是否會影響青少年讀者的情緒？（瑞芳／朱錫林）

李潼：少年小說的情節衝突、高低潮的安排，向來是少年小說作家挖空心思去設計的一環。少年小說作家唯恐情節的張力不夠強勁，高潮的鋪排不夠陡峭，低潮的轉折不夠盪氣迴腸，讓青少年讀者看得情緒平平，看得沒勁。

你說的「太多的衝突、高低潮」，與青少年讀者進入小說情境影響無關；而是作者若不考慮到小說篇幅長短、未在小說章節段落加以注意，比方在一篇五千字的作品，每隔三、五百字就來個衝突，並在全篇外帶七、八個高低潮，可能會讓青少年讀者看得情緒起伏、血脈賁張而且一頭迷糊。

這樣的篇幅，做這樣的安排，不讓人讀得迷糊是很困難的；而有這能耐作此安排的作家，也真不容易。我們不免還要懷疑：這麼頻繁的衝突，如何有足夠鋪陳去醞釀張力？如此綿密的高低潮，哪來足夠的事件去烘托情境？

若看得迷迷糊糊，也是一種情緒影響，這當然是讓人擔心的影響。這種「太多的衝突、高低潮」的小說情節安排，難免會落得像某些「大爛片」的武俠電影，三分鐘來個仇人鬥毆、五分鐘來個刀劍砍殺的衝突場面，中間又穿插分離十八年的父女相見（就是不久前以刀劍相互問候的仇家），和俠女之母飲藥自盡的遺書一封——該俠女並非親生女，而是仇家之女；但那親生女已遭真正的仇家所害，她未能及時表白，唯有自盡謝罪。

這高低潮還沒完，這俠客看過愛妻遺書，未待收拾，屋外一隊人馬已到，他又趕緊備便刀劍和獨門暗器三套，誰知來人是他的……這段情節不過占影片四分之一弱，夠嗆的還在後頭，記性欠佳的觀眾，看到這裡已迷糊一半，「被打敗」的跡象顯露無疑了！

一部小說該有幾處衝突情節、該有幾次高低潮的安排，從沒定數，得看篇幅長短而考量，我們真該擔心的是：怎麼連一個衝突和高低潮都沒有的小說。這對閱讀情緒的影響更大了。

至於讀後的情緒影響，小說家還真該想想。所謂衝突，不外來自情節中的正與邪、善與惡、真誠與欺瞞、獲取與失落的傾軋抗衡。高低潮的來源不外是悲與喜、苦與樂、仇恨與寬恕、離散與團聚的相乘相加的氛圍。作家的人生觀照影響他的創作思維，而創作思維顯現在作品上，他願意臣服人性險惡或人心向善；他願意強調「人生不如意十常八九」，或擴散那「一二順暢的人生甜美」；他願意闡揚有仇必報還是前嫌盡棄的攜手並進，這不僅影響青少年的讀後情緒，透過小說作品移植的人生觀照，影響更為深遠，是該讓少年小說家在「創作自由」之前三思的課題。

少年小說隱惡揚善的特質，似乎粉飾太平。少年讀者看多了這種虛構的、偏離現實的美好世界，在他們成長後，會不會有上當的感覺，並失去了面對殘酷世界的免疫力？（一九九八年中華民國兒童文學學會研習夏令營）

李潼：任何的善與惡、美與醜、真與假乃至於對與錯、古與今、大與小、高與矮或胖與瘦，都經由相互對比而具體凸顯出來。儘管它們也能在「通識標準」中個別呈現，但在一般狀況，不經對比，形象總不顯明。

少年小說主題的「揚善」特質，何嘗不是文學藝術的終極關懷之一？它對美善的推崇，必然也經過醜惡的對比，小說情節著重的衝突，也是因此而生。刻意的「隱惡」，還能在情節中展現衝突的「劇力萬鈞」，這技巧也實在太高超了，一般寫作人是不容易達到的。缺少這樣的對比衝突，往往只能寫成「春光明媚，鳥語花香，人間處處有溫情」，也就是你疑慮的「粉飾太平」。

少年小說對於醜惡、虛假、不公、不義人事的描述，在具體細節上可能有若干保留，尤其涉及血腥、暴力、殘酷、色情的情節，不做「實況轉播」。這並非少年小說家的觀察能力不足；不是他的描述功夫無力，而是顧及這文體的特定讀者群的身心感受。

比方一個極端的情況：假若少年小說家不顧及少年兒童讀者感受，拋棄文學所為何來的關懷，不僅在人世畸變的醜惡、血腥放手描述，以個人的階段性生命經驗在暴力、色情上詳細著墨，甚至在題旨上隱善揚惡，嚴格說來，這不也是「虛構的、偏離現實的殘酷世界」？這世界怎會是「一片漆黑」？這種「漆黑世界」的認識，在人生初期的青少年，獲得「免疫力」也不免獲得「傳染力」，他漫長且短暫的人生之路，這麼走下去又是什麼光景？當他打開心窗的縫隙，接受到人間也有的光明、希望或種種溫情，他對這世界又有什麼「上當的感覺」？

所謂「粉飾太平」或「殘酷世界」的認識，是極端的、二元化的選擇。在它們之間，存在著非常廣大「灰色地帶」的人間世，這才是凡常人間的共相——善惡並立、美醜同生，虛偽與真誠相抗衡、溫情與冷酷交互爭執的世界。

人對醜惡的免疫力，如同人對美善的感受，在經驗之上有認知，兩者之上還有人之所以為人的人性。求真、求善、求美的人性是堅毅且脆弱的，在人生初階的少年兒童時期，格外需要護持與鼓舞。不幸生長在離亂家庭、紛擾社會的孩子，需要這傳揚的美善來支持與撫慰；幸福的孩子何嘗不需要它的靜定和溫暖去行走人生？

作為一名宏觀創作意念的作家，最該關注的是自己的生命觀照。若真要擔心讀者「上當的感覺」，那就察看大體的少年小說創作界，是否步上極端的「粉飾太平」或一致性的「殘酷世界」，不要無意識的步上那樣的潮流，成為型塑「偏頗世界」的助力。

18 從事少年歷史小說創作，若從田野調查做起，有哪些必要的注意事項？（臺北／周姚萍）

李潼：少年小說歷史素材的田野調查，包括相關文獻方志的蒐集、相關年代大事記的了解、零散的書而軼聞解讀、當代風土人情概括性認識、歷史現場的踏勘感受、與當事人對談、與當事人親友遺族和鄉人訪晤。

若因歷史人物的避諱、小說藝術的伸展空間或作家對歷史的強勢解讀等種種因素，歷史小說不再以特定事主為「真有其人」的角色，田野調查依舊可以鎖定若干「原型人物」為當事人，進行訪談。學界將這種虛構人物的歷史小說分類為歷史素材小說，這「方便分類」，亦無不可。

歷史小說素材的田野調查，與報導文學材料蒐集、地方志補遺紀錄的田野調查，過程的操作技術泰半重疊，但因小說藝術的終極關懷的涵容不同，田野調查過程的留神、選用、價值取向卻大異其趣。

比如報導或地方志要求的「真實」，而再三、再四去做交叉訪談、做訪談與書面材料的驗證比對。在落筆時，它們可能採取「忠實於材料」的全部托陳，交由讀者自行公斷；可能依歷史邏輯「去蕪存菁」，只呈現「合理的真實」、「可信的客觀」，不在文本妄下評斷。（事實上，這裡的真實怎沒有盲點存在？此處的客觀怎不會有調查中的判別？）

小說作為一種虛構的文學藝術，一種「對人性的興趣更甚絕對真實」的文學體例，小說歷史素材的田野調查，大抵以「人性」為視角注目與聆聽。於是在

「變化萬千的人性」底下種種細微的轉折、矛盾、衝突、荒唐，為「正規田野調查」所不顧的時事地物，小說家總以「合情的真實」、「自信的客觀」勤加擷取，並興味盎然。

作為少年歷史小說素材田野調查，「調查員」又會對於少年的心性多加觀察體會，尤當作品的主角設定為少年時（有時亦可選一位可被讀者認同的大人），可要對「那個時代」的少年設身處地去揣摩。

親臨現場是需要的、在現場交談訪問也是需要的。但我們知道，現場並不等於「當場」，作家鎖定的「那個時代」愈久遠，所謂現場更加滄海桑田、物去人非。這不枉費跋涉、多費口舌？

卻也不。

不論「那個時代」於今迢遠、晚近或相去不遠，只要我們帶著敏銳的心思、飽滿的感情、足夠的好奇、不太貧瘠的作業（預習的功課）和預留仍可容納的心田及行囊的空間，在現場仍能從它暮靄中的山巒、晨曦下的湖海、朗朗的鄉音、人與人的對應、以及憤憤不平的追憶、唐突滑稽的傳聞，讓書面材料鮮活起來，讓書房裡的想像更靈動。

比方旅遊，有經驗的旅人都知道，一般能去到的「景點」，在當地辛苦尋索到的遺跡沿革、歷史典故，其實在出發前只花一點功夫便能在圖書館或各種傳媒取得，有時竟更豐富。不過，有經驗的旅人更知道，那些基於不同用途寫成的資料，往往缺少細微的情境、動人的氛圍或世情機轉這些親臨現場、因人而異的感受，所以勞神傷財的跋涉仍有價值。心思敏銳的寫作人，肯定在現場會有意想不到的觸發及思辨。

少年小說的題材不論以任何時代為背景，人性的探索是它永恆的底蘊，安身立命的啟蒙、成長，都得以它為基礎。少年歷史小說素材的種種田野調查，若失去了人性的體味，再清晰的歷史脈絡，再鮮明的歷史背景也都失去了血肉。這也是「田野調查方法」難以言說的部分，可它對於歷史小說的田野調查又是如此重要。

能在歷史現場住上幾日或多去幾次，這是好的；但這時日是七、八天或是七、八年，次數是三、五回還是三、五十回，也難有定論，端看「心滿」和「意足」。

多多和相關人士及不相關人士交談，這是好的；但別忘了也和「無言的山丘」對話，聽沉默的遺跡喃喃自語，看飄過的風雲裡隱藏的故事——這寧靜沉思的片刻，對歷史小說的田野調查也是重要的。讓所有書面的、訪談的、觀察的、體會的、辯證的材料與心得，一一放置在人性的天秤去上下起伏，作家以「合情的真實」（未必合理）為法碼，便有了輕重選擇。

為什麼以都市生活為題材的少年小說這麼少？（一九九五年國立臺北師範學院語教系少年小說座談會）

李潼：因為以都市生活為題材寫作的人少（一笑）。

因為作家蒐集題材，正巧都走上了鄉間小路。

因為多數生活在都市的作家，對稠密的人口不感興趣，對紛雜的都會人事，看得發膩，看得疏離，也疏離了自己。所以眼光一投射，心思便越過了樓房叢林，到地廣人稀的鄉野，在空闊中找到樸實；在稀少的鄉間找到溫暖的人情，找到與他創作思維合拍的調子，一種他認為更適合分享的情境。

因為多數作家無能看清現實生活周遭；無心在「都會臉譜」讀出他們的整體風格和個別差異；無力探觸都會少年文化的脈動（他們隨風潮而變，異動何其迅速）。

因為現今是定居都市的作家，成長經驗都來自都市外沿或中、南、東部的鄉鎮，他們始終和「討生活」的都市格格不入。

因為多數作家忘了多看一眼都會生活的動中有靜、亂中有序、冷中有溫、刻板中有變貌，忽視了在這種環境生長的孩子會產生何種生活態度。

因為有許多作家認為都會的少年讀者，喜歡在少年小說認識不同的生活場景，見識不同的生活形態，就像他們從小閱讀的丹麥、德國、瑞典、美國、日本作家所寫的鄉土小說或童話作品。他們認為所有能為讀者帶來興味的小說背景，都是合適的。而不同背景引發的個別事件和情節組合，儘管有它們的個別風貌，但不論域內、域外，任何種族、文化的少年，仍有相通的基本性情，驗證於他們對最陌生地域背景的小說，卻有類似的喜怒哀樂共鳴，那種因背景陌生而拒絕閱讀的疑慮，並不存在。

因為也有作家同意：站在創作型類生態均衡的立場，都市生活題材連同海洋生活題材、漁村生活題材、眷村生活題材一類少被關顧的題材，都得有人去碰觸，誰知默契如此不足，這些不足仍然不足。

因為關心都市生活題材的少年小說這麼少的人，除了疑問，並不見具體的行動，比如擁有一支好筆的提問人，始終不見為自己的關切付出落筆成文的心力。

這問題既經公開，有心人就放在心上吧，有機會也來試試都市生活題材，比如臺北捷運列車上一群都會少年的悲歡離合、愛恨情仇。因為這是個好提醒。

20 如何縮短少年歷史小說「相隔的時空感」？（臺北／周姚萍）

李潼：若意會沒錯，這則問題的正面指涉應當是：「如何使歷史小說中的時空轉換流暢」或「如何讓讀者與歷史時空產生親近感」？而不是「如何淡化歷史小說的時代感和空間感」，因既為歷史小說，凸顯它的特定時空唯恐不及，何來縮短時代距離、模糊空間色彩？

歷史小說往往有個「大事」背景，通常需要較大篇幅便於交代來龍去脈，部分原因也在於它的時代感、空間感的多所著墨。對於更大的歷史事件，小說的「情節時間」也變換頻仍，有時僅隔一個章節，時間已前進三十年或回溯五十年。

這種「時間過門」的開闔，不論以明示的年代告知，或以草木榮枯、人的生老病死變貌來暗示，最重要的是，小說情節的邏輯主線必須串結，前進或回溯都安排有相扣的環節。也就是前情與後事的伏筆和呼應不能鬆脫，時空轉換便可平順，讀者以有因果關係的情節為追索憑藉，便不易在時空轉換中迷糊（有關小說伏筆與呼應，另談）。

「讀者與歷史時空親近感」的塑造，不在於古今場景的「青山依舊在」；不在於古今事件的巧合；不在於人物行為的類似或語言對話的相通。

少年小說創作人處理歷史素材為小說，必然是發現「那段歷史」與「現代生活」有思維的交集，有歷史彌新的心靈對話可能，也就是對現代少年讀者具有可援引的啟迪作用，否則他不必跋涉歷史長河去擷取它們。

時空的距離不但可造成美感，而保持一種似遠猶近的時空，更可以讓讀者處於「安適的沒事人」，在這狀態下「安全的照鑑」、「舒適的省察」。歷史小說的作用，自然不僅在於這麼嚴肅的照鑑和省察，而觀諸中外歷史上的封建時代、民主時代的「諫官」，他們善於運用遠代歷史故事勸諫「上級長官」的手法，我們當知道「相隔時空」的妙用，那種「奉勸者」與「被諫者」以時空距離為安全距離的聰明作法。

少年歷史小說的寫作人，反過來應當努力區隔時代距離、努力塗抹空間特色，而將發現的古今思維交集、遠近的心靈對話，安置在「那段歷史」的場景、事件、人物行為和語言去「意無所指似的」去呈現，完整的回歸給那個時代和空間。只要小說寫作人確切的意有所指，不必太擔心「毫無防備」的少年讀者會「無動於衷」；我們的讀者類型百十種，我們應當有耐心，與其疑慮，不妨多在那「發現」與「寫一個好故事」上用心。

《少年噶瑪蘭》用魔幻寫實手法讓古今時空交錯；《戲演春帆樓》以舞臺演出併呈古今，都是實驗性的方便技巧。而《福音與拔牙鉗》和《阿罩霧三少爺》則不保留的在時代距離和空間色彩上做了區隔與塗抹。這幾部少年歷史小說的手法，可供比對參考。

21 少年喜歡做「閱讀冒險」，少年小說如何布置迷宮，還要避免少年入歧途，而能找到出口？（南投／郁化清）

李潼：「走迷宮」的最大樂趣，往往不在「找到出口」的舒了一口氣；而在嘗試、推理「找路」的挫敗或驚喜的過程。

少年讀者在小說的文字迷宮探索，卻常進入迷宮不久，便違反遊戲規則的翻牆到出口看個究竟——急著想知道小說結局。

小說家既然不能阻止讀者翻看結局的「違規動作」，又不能說結局比起情節過程並不重要，那麼，何不在文字迷宮的出口費點手腳、做點設計，做點「可以找到卻不容易想到」的結果。

歐洲的古城堡，留下許多戶外或室內的迷宮。除了一般的正規迷宮，居然還有藏在灌木矮籬下的地道出口、攀繩而出的出口、入口即是出口、或破解機關坐溜滑梯進入的迷宮。至於迷宮內的禮物、陷阱、追擊、指示、靈異恐怖、援助或「你根本完蛋了」的孤立困境，真讓人大呼過癮。最妙的是，有的絕路居然要靠你的體重，壓在「失望椅」某段時間（不放棄的沉思長考），才會緩緩移開；有的出口要以你呼救的音波去震動，才倏的自動開啟。而這些竅門，迷宮設計人只在一個隱蔽的轉角，以一首謎語似的詩文提示，甚至什麼也沒說。

神采煥發的「出宮人」和頹喪放棄的「羔羊們」，大概能想，玩這迷宮遊戲最快樂和最苦惱的人，一定是那個「迷宮設計人」。

若以「文字迷宮設計人」來比喻少年小說家，這位「迷宮設計人」在出入口（起頭和結局）及過程（情節）的安排，第一個該注意的是「這迷宮是給誰玩的」？迷宮的整體設計有沒有關聯和必然性？自己是否十分清楚它的走向和出口？

「迷宮設計人」還得考慮如何增強遊客的探索動機，提高他們破解迷宮的興趣，在過程放置禮物、陷阱、追擊或指示的同時，考慮到它的難易度，讓遊客有進有出的走完全程（即使違反遊戲規則）。

才智聰明不同的少年，在精密完美設計的迷宮，總有人誤入歧途，永遠找不到出口，這是個別差異的問題，難以求全。

一位少年小說作家最該自我警惕的是：因自己的草率和積習不察的偏差理念，讓少年讀者踏入思想的歧途而自誤誤人。這「文字迷宮冒險」變成「文字野蠻遊戲」，「迷宮設計人」獲得的快樂，便恰恰和他的罪過成正比，他為設計所費的心神、時間，也永無補償。

相對於「迷宮設計人」的少年小說家諸多顧慮和發揮，我們的少年不妨壯大膽識、開啟眼光、不怕接受辨別能力考驗的進到迷宮來，而多數的迷宮都能帶來發現的快樂。

22 少年小說情節也包容暴力、血腥和殘酷嗎？（花蓮兒童文學研習營）

李潼：當暴力也可以成為一個「美學」；殘酷可以成為一種「藝術」，別忘了其中包含多少人們對這種「美學」和「藝術」的妥協忍讓。

若索引無誤，「暴力美學」的名詞確立，來自電影學院，也就是爬梳電影既成聲光影像為合理分類的學者和專職影評人。值得留意的是，這種「合理化的分類」，並不表示他們推崇「大卸八塊的靈巧方法」、「肌理與血花分明流暢」、「死相音容宛在」、「哀嚎與聖音融合無間」的場面值得鼓舞，這只能看待他們是對「殘酷得沒讓我們當場嘔吐」、「沒死得那麼難看」的妥協說詞。

一位基礎水平的兒童文學作家，若要放手描繪令人食不下嚥的血腥，在文字上重現或製造令人悚慄的殘酷情境或血脈賁張、不能自已的情色圖像，並不困難；問題是，這種「基礎寫作水平」的能力展現，對文學之何用，對兒童文學之何能，才是一位作家在「天縱英明」的同時，應當慎重思考的。

暴力與殘酷若為人生必須預知的功課（以讀者而言，若這人已熟練此道，文學作品於他作用有限），若為文學之不可免，那麼，尤其包含兒童文學各種體例的文學作品，作家們永遠都該想到暴力不等於血腥、殘酷不等於噁心。作家們在施展身手時，沒有權利忘記他「為什麼要寫」？「寫給誰看」？「暴力美學」在他全篇作品的比重和需要如何？他在痛快淋漓的感官刺激時，他要不耽溺，要提醒自己：這是對社會公開的作品，不是私密日記。

鋼筆與稿紙對話，
　有玉蘭花香和曙光介入。

當溯源香魚，
遇上攔砂壩及探尋魚梯。

23 一篇少年小說落筆之前，是先設定一個主題，還是先想好創作的技巧——表述程序：是使用時間的順敘或倒敘……等？

（臺中／廖健雅）

李潼：少年小說寫作之前，需要做某種程度的構思，書寫之中容許做種種調整，即使一稿完成，若有必要還可做修潤。

一般說來，正規的、嚴謹的寫作之前，全盤的構思不可免（相對的，也有若干寫作人願採另類的、隨興的「自由式」）。這構思包括「有話要說」的主題、「怎麼說」的表述程序、「說什麼」的情節安排、「從何說起」的故事起頭、「由誰來說」的敘述觀點、「在哪裡說」的背景、「說給誰聽」的讀者設定、「用什麼腔調來說」的語言特色、「說什麼的情境氛圍」的基調、「要說多久」的篇幅設定、「請哪些人共同來說」、「說成什麼效果」的高低潮鋪排和「說到哪裡為止」的結局預設等等。

這些構思功夫和項目，各有脈絡卻又交叉重疊，有源可溯卻彷如無中生有，工程浩大得有些麻煩又十分有趣。寫作人選擇合適他的所在和方式去爬梳、醞釀：靜坐、散步、游泳、燒香（抽煙）、咬指甲、啃筆頭、淋浴、坐火車、入廟閉關，各種「有時有效、有時沒效」的去找尋或面對它；「有點緊張又不會太緊張」、「有點閒散又不會太閒散」的去分解或組構它。

任何一篇「有意義」的少年小說，存在「中心主旨」的主題，這知性和感性在情節中並駕齊驅，才能「掌握」讀者。

表述程序只是創作技巧的一小部分，雖是最容易讓有心的讀者察見，進而去分析的一部分，但在創作構思的重要性上，不過是要點之一而已。它的確定，需要其它的構思要點來輔佐，甚至顛覆它，比方敘述觀點的改變、故事起頭的重新切入，它的順敘或倒敘（還有更精細的交叉敘、倒敘再倒敘……）。

構思的功夫是少年小說寫作的重要部分，也是一部作品最隱晦的部分，一般讀者不能也無需去探究，往往也是理論研究者難以踏入的「黑洞」——超質量的另類天地。如何自由進與出？但它對於寫作人，卻是不好省免的「煉爐」，通常是「火鳳凰」的振翅之地，寫作功力生增的寶穴。有人害怕進得去、出不來的玉石俱焚；害怕那樣的「陣痛」，於是採用「抱養」、「剖腹」方式來生產創作，當然也難說不可，但總是「程序不完備」，在創作生涯中是個遺憾。

自認最完備的落筆前構思，書寫中的調整仍屬正常，這調整當然不含「全盤推翻」，就像完稿後的修潤不含「焚稿祭天」；否則，先早的構思和寫作能力必然存在重大問題（客觀環境的「不宜發表」，當在構思的考量之中）。

〈帶爺爺回家〉的寫作構思，在一九八九年夏天登臨黃山天都峰的下山途中，幾近完備。天都峰頂的護欄鐵鍊上一串鎖頭，那個「永結同心」的貞美愛戀，令人動容。我和一群體力放盡的文友同坐險峻的鯽魚背稜線調息時，向東遠眺，視線跨過海峽，落在來時的桃園國際機場。

一位安徽籍的退伍老兵，巧合的即將和我們同班飛機經香港到合肥。我們只是一群結伴到大陸認識陌生文友的旅人；而老先生是離家四十年，隻身返回陌生故鄉探親的遠客。我們以不同的心情，走著相同的旅程。

半身不遂的老人，口齒也不靈便了，在曲折的旅程含糊的敘說，你當然仍能看見他在二十歲扮新郎的健美身軀，如何在被捕為兵伕時的掙扎；你可以看見他和未婚妻登臨安徽子弟必到的黃山天都峰，及他們合掛嶄新的「同心鎖」；而這嶄新與鏽蝕間的四十年時代風雲，造就了什麼樣的歲月？

以我這樣一個差他幾代的寫作人，或許還能勉強體會，而年代相差更遙遠的少年該不該去理解、去揣測？何不就讓少年小夏「帶爺爺回家」？既以天都峰頂的「同心鎖」為「小說眼」，為象徵物，就讓故事從黃山山腳下切入，在奇秀壯美的登峰山徑開展，再一一補述祖孫倆的往事和心路，讓祖與孫、聚與散、反對與贊同、壯與弱、喜與悲、施與拒的種種衝突，藉由這條奇險之路的絕美名山來包容與見證。

回臺後的第七天，萬字的〈帶爺爺回家〉一氣呵成。

小說中的地理背景，作家不可能一一親自去觀察，若是描寫作者本人沒去過的地方，該如何揣摩及描述？（高雄／陳啟淦）

李潼：小說的地理背景——場景，從沒人規定必須是「確實地名的真實地域」，何況，作家有時為了個別理由，還刻意將國名、地名、街名、人名模糊化，以某種符碼或另立名字替代。

作家為強化小說的真實感，或滿足若干性喜「按圖索驥」的讀者閱讀偏好，樂意以「確實地名的真實地域」為小說場景，當然也無妨。事實上，對讀者而言，這些「有名有姓的地方」，難道真的是讀者所熟悉或將來會蒞臨走訪的所在？未必。讀者真正在意的只是那個「真實感」，這也是小說作家最該努力描繪的地方。

有時，綜合性的、虛構的場景，反而更能達成真實感的塑造。癥結在於作家對於個別小說中的場景是否瞭若指掌？可否在腦海中繪出場景鳥瞰圖、街市圖、配置圖或細部放大圖，讓小說人物在其間行走不至迷路，也就是「自清人清」的讓讀者也對場景彷如「走灶腳」的清楚熟稔。這才是小說家對「地理背景」最該使力的地方。

若小說非要「確實地名真實地域」才能寫得安穩，讓讀者看得踏實，作家又要以「本人沒去過的地方」為地理背景，這也無關誠實或欺瞞，因為，一個人對於出生故鄉或陌生地的了解，與遠近生熟都沒有絕對關係，端看一個人是否有心、有見識，就像我們對自己、對家人、對鄰里親友的認識，有時居然遠不如對他人、對異國友人來得清楚。

小說中的任何地理背景，不論主場景或若干副場景，幾乎都可輕易的在書籍或網路上取得「圖文並茂」的資料，其中的歷史沿革、風土民情、經濟產業、氣候變化資料，有時竟比到現場蒐集更為詳盡（真感謝這些用功的朋友慷慨的提供）。

但資料終究是資料，即使有聲光俱佳的圖像輔助了解，對於小說情結需要的諸多細微情境、韻味，仍是不夠的，尤其是主場景的運用上，少了這些，真實感不容易「站起來」。

《尋找中央山脈的弟兄》的小說主場景設定在臺中東勢到花蓮太魯閣的東西橫貫公路，副場景包括宜蘭、埔里和浙江外海的舟山群島等地，其中的舟山群島是我陌生的，短期內也不可能親臨；但我找尋書面資料，詳讀它的沿革、地圖和照片，之後到宜蘭岳明新村的「大陳義胞」聚落訪談。那些耆老在對談中，竟以為我剛從舟山群島探親旅遊回來，反過來詳問「客從故鄉來，應知故鄉事」；而我從他們曝曬魚乾的氣味、說話的腔調及看人的眼神，尤其那青衣婦人一邊剖魚，一邊與我交談的神態，看到了沈俊孝（小說主角）的母親形象，以及他的鄉親人的部分生活形態。比起專程到舟山群島住上十天半月（或許有人覺得仍不夠，應當一年半載），這樣的揣摩描述可能還不精準；但舟山群島作為在小說中的副場景與情節支線，卻也足夠交代，並有助「真實感」的成立了。

至於東西橫貫公路這條主要場景，從我童年以來便是熟悉的，憑記憶也能大致不差的畫出它的路線、地名，描述路況形貌，以及沿途幾個定點的風聲、水聲、山林氣息和水的氣味（水是有氣味的）。在小說落筆之前與之中，我仍走了五次全程，在那觀光大道級的現代路途，觀望千萬年來不變的插天山峰和湍流溪澗，臨場揣想四十前的開路弟兄鑿山闢徑的血淚艱難和歡呼暢快。

小說家當然不必也不能將小說的地理背景寫成「周休二日旅遊導覽」，或風土民情介紹，小說對於人事地物的描述不刻意擔負那樣的功能，小說另有旨趣。小說家對它們的描述更有人氣、溫度、特點及更細微，它們環繞著小說的題旨，為題旨所用，是經過選取和捨棄的細密工夫，不是鉅細靡遺的照單全收。

也因為這樣，小說家盡可能去到小說主要地理背景觀察，特別該注意的是「選取和捨棄」，這和「沒去過的地方」的間接觀察，需要同樣的工夫；而不論「去過」或「未來過」的小說場景，落在文字時，都已是一種重新組構，揣摩的重點在於必要性的浮凸、立體化及作家對它的清晰度。

25 少年小說的故事背景，一定要清晰到有真實地名、有路徑讓讀者去光臨對照嗎？（一九九六年南投中小學教師兒童文學營）

李潼：小說不是旅遊導覽手冊、不是周休二日休憩景點簡介。儘管有人俏皮的說：「小說最大的使命，就是制止人生趨於無趣」，但小說畢竟不負有景點導覽的功能，有人一定要照情節中的人事地物去按圖索驥，那是小說作品經由讀者附加產生的邊際效用，並非作者原意。

愈具「真實感」的小說，帶引讀者生發閱讀趣味的可能性就愈大。「真實感」畢竟不是「完全的真實」，它是經由作者主觀需求，考慮客觀可以相信的重點性提示，擷取必要性質來塑造的真實氛圍。如同「安全感」之於「完全的安全感」，多半屬於心理感應，儘管也能具體驗證，但並不完全適用。

小說背景的地名、路徑，無非也是塑造「真實感」的訊息之一。因為，它們儘管有圖可查，小說中的描述卻未必明確，或多數讀者並未到過（尤其外文翻譯作品），甚至沒聽過。它們在現實中的陌生，若發生問題，就像另一些以代號、諧音或虛擬的地名和路徑，無法促成聯想及建構，一樣讓讀者茫然。

所以，小說背景的地點指涉，真實與虛擬並不重要，關鍵在於小說家能否在描述中喚起讀者認知；能否開發讀者有個新的「閱讀落腳處」，也就是讓讀者個別在自認的「真實感地點」行動，去認識小說世界鋪陳的可能人生，它的任務便達成了。

26 少年小說創作的敘述觀點是什麼？能不能自創新的敘述觀點？

（高雄／吳燈山）

李潼：談小說創作，多數人只提文本的敘述觀點，也就是所謂技術面的觀點。其實，一名創作人在文本之上的認知觀點，也就是思維面、感情面交集的人生關照，對特定文本的投射，更不可疏忽。

所謂人如其文或文如其人的顯影，還不僅在文本的語法、結構、取材及敘述觀點的運用，最能察見的應在這些浮面表象的背後，作者所關注、所標舉的人生價值。作者藉由小說作為的是非善惡、喜怒哀樂鋪排的衝突，他的樂觀、悲觀或達觀，總會在過程或結果有所揭露。

相較於作者的人生觀點，文本的敘述觀點便單純、輕鬆得更多。小說家委託文本中的一個角色為「我」，透過這個「我」的見聞、作為來開展情節，並在其中加入議論、裁決，這就是第一人稱的敘述觀點。這位文本中的「我」，可以是作者自我的化身，但多數時候未必。有人認為以「我」為敘述觀點的文本，更容易讓讀者產生自我投射；但還得是這個「我」討不討讀者認同、喜歡才行。

《夏日鷺鷥林》採用「你」的第二人稱敘述觀點，至於《魔弦吉他族》由十幾位竊賊的尋人啟示來敘述，《阿罩霧三少爺》動用林家少爺、丫鬟、花貓、懷爐及內褲等等角色多元敘述，則是將「他」擴大運用的「另類第三觀點」——全知觀點，也就是可以無所不說、無所不看、無所不議論的敘述觀點。

比較特別的敘述觀點是《無言的戰士——林旺與我》，讓作者的我直接在文本現身，敘述我如何找尋寫作材料，將所有的寫作過程鉅細靡遺的呈現在讀者眼前；但作為一部小說文本，其中的情節仍是虛構的，廣義來看，它仍不脫是第一人稱敘述觀點。

《四海武館》一書以功夫小子為「我」的主敘觀點，但又穿插第三者、第四者的配角們以「我」來陳情辯白，這種移轉性的敘述觀點，需要較縝密的鋪陳，稍一閃失，可能讓讀者混淆，不過，它仍舊可歸屬第三人稱敘述觀點。

27 傳記小說採用第一人稱或第三人稱敘述觀點比較妥當？

（高雄／吳燈山）

李潼：「自傳」當然以第一人稱的我為敘述觀點，較具真實感。至於傳記，常假手他人書寫，尤其是「傳記小說」當然在各種敘述觀點自由取用，只要方便表述，而能讓讀者對文本所敘產生真實感，都無妨。

作者如此大費周章的選用不同敘述觀點來完成一部小說作品，諸多原因中的最大企盼是：塑造足夠的真實感，讓讀者樂於親近及深入的閱讀。

許多老、中代的少年小說寫作人，喜歡以自己的童年往事為寫作題材「原型」，勉強現代的少年兒童看這種作品，合適嗎？

（一九九六年桃園縣教師兒童文學研習會）

李潼：一部少年小說作品是否寫得精采或枯燥；是否讓讀者喜愛或厭惡，和它題材的老舊或新穎、故事背景的遠近生熟，並沒有絕對關係。

文字媒體如果與聲光媒體比較，在「閱讀驅迫性」上稍嫌薄弱，誰能持續的強力運作，去勉強少年兒童讀少年小說？

的確有些少年小說寫作人，喜歡或慣常性的以自己的童年往事為題材「原型」來創作小說。他們寫得「自得其樂」；寫得「對自己的少年生涯有了交代」，卻也寫出了歷久彌新的新意，寫出了跨越時空的旨趣，而且生動精采、博人喜愛。就像我們閱讀西洋翻譯作品或明清小說，儘管人地皆生疏、事物不熟悉；但只要寫得有情有趣，照樣能讓有緣的讀者心領神會。

對於這種「以自己的童年往事為題材」的少年小說，我們只有一點顧慮、一點期望和一個提醒。

值得顧慮的是：倘若我們可愛的老、中代作家們都「沉迷」於這樣的題材，以三十年前、五十年前的回憶哺育他的寫作生命，無視於現代題材；而他們又是領導風潮的主流旗手，少年小說行列會是什麼光景？我們的少年讀者選讀的機會又將如何？

任何世代的作家都有他們選擇題材的權利，這權利也應當受到尊重。當這題材選擇出現一致性、這種「選擇」只是作家慣常性，甚至無意識的喜好時，讀者們在捨棄閱讀之前，可以表示一點期望：總有作家將「生命經驗」擴大來看吧，跳出自己的童年往事吧！以觀察力自負的作家，總有人體察到現代少年的生活，請讓我們的閱讀更多選擇的機會吧。

熱忱且善意的文友，站在「文學命運共同體」的立場，站在文人相親的關懷，偶爾也可恭謹的給個提醒：朋友，何必堅持自產的題材為創作營生？自家的「題材田畝」種得了幾多產品？何不也到廣大人生的「題材市場」走走瞧瞧，他家的「題材產品」更多樣，成堆成簍的，取得也不算困難，何不提籃來帶些回去烹煮炒炸，端一盤新口味的作品出來？

任何寫作題材「原型」，都受平等的尊重，各有創造的可能。怕的是寫作同行有志一同，同時穿上了整齊畫一的「題材制服」，那就無趣了。

少年讀者的閱讀取向，無從勉強，唯有吸引而已。最多樣的少年小說題材類型，是創造少年小說吸引力的主要動能之一。

29 少年小說評論中，常提到小說基調的處理，何謂「基調」？基調可以用什麼方式表現出來？（臺中／廖健雅）

李潼：基調是基本的調性，調子或情調。

調子用在於音樂，就是C、D、E、F、G的調性，外加作曲人附注的舒緩、激昂、溫馨或哀傷那些中板、快板或慢板的提示，好讓演奏者或吟唱者揣摩表現的調性，以求聆聽者在定型的旋律和節奏中，能感受到原曲創作時的預設情調（有詞的歌，是調子更明顯的音樂）。

調子用於人，就是氣質，每個人對於哀樂喜怒的外在對應及自我表達，有冷靜、激動、吞忍、爆發等等類型。但因時、因地、因事、因年齡、因性別，仍有多種交錯複雜的不同，在這個別不同中，每個人的整體氣質還不難發現有概括的性格表現，而顯示出的風格、水平、態度，就是「三兩下便可看破手腳」或「假以時日才發現」的氣質。「望之儼然，即之也溫」是一種調子、「有情有義，性情中人」也是一種調子、「喜怒無常，捉摸不定」是一種調子、「抑鬱寡歡卻又博愛大眾」更是一種複雜而鮮明的調子。

調子用在衣飾是一種質感；調子用在飲食是一種品味；調子用在聚會是一種氛圍；調子用在交往是一種態度。這些質感、品味、氛圍或態度，儘管略有起伏變動，但稍不愚魯的人，總能察覺它的大體情調，這大體情調便是基調。

就像其它的文體一樣，一部少年小說必有它的基調。

不論這基調的形成是作者無意或有意塑造出來的，它往往在文本與讀者的互動中，占了看似無關緊要，實則有具體影響的力量。比如有些作品人物、情節、文字和技巧的鋪排、刻畫運用，嚴格來看都屬「精采」，可怪的是——「它怎不討我喜歡」甚至還「顧人怨」？這往往是調子的問題。就像一個品性、學習、體能、整潔都好的同學，居然是「本班最不得人緣的『曠男怨女』」，這通常也是氣質、調子與大眾品味不合拍造成的「悲劇」。

一位創作意識較清明的少年小說家，或一位研究理念更沉潛的學術研究者，對於文本基調總有掌控和發現。

因訴求讀者群的關係，少年小說的基調較為上揚，但其中可供掌控的基調層次，仍相當豐多，那些怨天尤人的怒氣、氣息奄奄的哀傷、衰敗倒楣的晦氣或欺瞞狡詐的陰氣、平淡無聊的呆氣，雖可供階段性需要的權宜運用，但總不至於成為少年小說的基調。

少年小說創作者在作品的自我檢討中，最常忽視的一環，便是隱伏在創作意識中，並隱現在文本之上的基調問題，尤其對文本基調向來採取無意識的自由式作者，依憑興之所至或自身心情、氣質的直接投射調子，更是看不到這一「眉角」。

這好比一場費神籌畫、費力安排的研討會，明明在主持人、發表人、講評人，甚至膳宿、餐點、旅遊安排都沒太大脫線狀況，但整個會議進行總覺得「怪怪的」，其實，這也是出在未設定基調，或未讓這事先設定的基調與參加盛會的「握麥克風人」取得共識，未與幕後工作人員建立共識，因此無從掌握；或變得「嚴肅刻板得讓人呼吸不順」，或變得「群蜂亂飛得人人自危」。

一部少年小說的「基本調性」設定，和主題、素材及人物、情節乃至表述技巧都有關。一位少年小說創作者在起筆之前，對上述環節當然已有一定程度的了解及感受，尤其是掌握了「引爆熱點」的欲罷不能，他在腹案或書面綱要的擬定，同時得對作品的基調——大體氛圍確切掌握，才能進行精細的、浮動的調控。

不論何種氛圍的基調，都是由小說人物的言談舉止反應、情節鋪排轉折和景物的描述，透過直陳、呼應而綿長出現，也就是點、線、面的串結與鋪展，它優雅也罷、詼諧也罷、激昂也罷，在浮沉消長的情節中，讓讀者始終能感受到。

當然，哀痛的題材未必要以低沉的基調來呈現。創作者若認識清楚，掌控得宜，以逆反手法的昂揚為基調，題材的悲與基調的昂揚所造成的衝突，往往可造成「不忍之哀」的衝突美感，並顯露暗灰之後的一線曙光，就像紛雜事件以平常口吻表述；驚悚情節藉用詼諧氛圍來呈現，對寫與讀雙方都是撞擊考驗，但藝術火花也往往在此時迸發。至於堅持哀痛以悲傷基調烘托、激昂以輕快情懷書寫的朋友，只要這基調意識確實「存乎一心」，也可能成功的。

如何刻畫少年小說中的人物？（臺南／張清榮）

李潼：以小說閱讀心理而言，讀者的心神常依隨小說中的一個或若干人去感受去認知作者呈現的筆下世界；但以小說創作者的關切事項，以戲劇為比喻，小說人物就像演員，他們的造型和演技是一齣戲重要的一環；而舞臺前後的劇本、布景、燈光、音效也無可輕忽，所以就小說創作者而言，並不存在「小說的目的就是刻畫人物」這樣的理解。

不管小說人物的刻畫，對讀者和作者的看重程度到什麼地步，小說家總希望筆下人物不論「戲分」輕重，都能栩栩如生，希望他不出場便罷，既要出場，至少要有一定作用和讓人留下印象。

小說人物的刻畫，可以從五官長相和肢體特徵的外顯著手；也可以從表情和動作的無言特色描摹；可以從對話和獨白的表述呈現；尤其從情節衝突最能表現性格。

能夠兼顧這些人物刻畫的「切入點」，細加發揮，這小說人物的基本形貌和性格，應當接近栩栩如生的程度；但這樣的小說人物卻未必站得起來，就好比我們平日所見的某些人，他們儘管毋庸置疑的「栩栩如生」，但若他的表現太平凡、平淡，仍然只是個難以讓人留下深刻印象的扁平人物，小說人物亦然。

基本條件上的人物刻畫，就算能做到有情有義、有過錯亦有悔改、有成長變化的立體形象，有些小說家並不樂意刻畫到如此「滿」的地步，特別是在外顯的五官長相和肢體特徵上，一旦過度工筆描摹，他被定型後，不但減損了讀者想像的空間（填補作用），對於其它的刻畫工夫未必有利，甚至還可能造成情節推展的某些障礙。

從完成的小說文本來探索、解析小說人物刻畫的技術，只要稍具閱讀經驗的讀者都不難發現，一名少年小說創作人若有意從這裡去學習，無需列舉，也不難。

站在創作的角度，小說人物刻畫的成敗關鍵不在於技術面，而是創作者是否對於小說人物有無「如見其人，如聞其聲」的熟悉感，也就是在落筆展開小說文本之前和之中，是否真正的認識這個人或這些人，是否對他們熟悉的程度不但可描摹出圖像，更可以和他們的無形本尊對談如流；否則，空有刻畫技術，他們仍然「不成人樣」。

「讓小說人物自行在紙上演出」，說的便是創作者對小說人物完全了然於心的隨意狀態，這說詞有些「滿」，因為小說情節仍在作者掌控之中；不過創作者在文本創造人物之前，早在腦中有了小說人物虛擬的真實形象，是這句話的要義。

所謂小說人物的刻畫，值得再強調的技術是：它絕不是在某章某節就把他們一次刻畫完成。人物的性格藉由自我表白呈現，不如他人的評論來得鮮活（未必準確也罷）；而他人的品頭論足，又遠不如將人物置於某種處境去反應來得有力。這好比有個青少年朋友常愛說：「我的個性就是喜歡與眾不同；我天生的個性就是不喜歡囉哩叭嗦，我們祖宗三代就是不愛有人問東問西，怎麼樣？」除非是特殊「笑果」所需，否則這個人物性格缺少事例證明（事件及情節），不過只是一句話罷了。

一分鐘不眨一次眼皮的對著攝影機發表某種感言，這人究竟是正直不阿？或假仙？

這種鎖定「特異眼皮」的刻畫，一旦獨立存在，訊息可是天差地差，它需有前情與後事來輔助解讀，才能準確傳達。

比如愛抖腳的阿鈿、愛啃指甲的阿昆、口沫橫飛的阿煌、喜歡找人扼手膀的阿將、酷愛照小鏡子的阿蕙、或在頭髮上弄花樣的阿書，小說人物運用表情、動作或聲音的特點來表現，他們的訊息意義也是需要輔助、呼應的刻畫，才具說服力。

日常生活，我們指陳一個人「很刻板」，還不僅說他缺少雅興調劑、不知變通的無趣；而是他喜怒不形於色，是非對錯未具明顯表達，而且在可見的未來也沒有太大的改變空間。小說中的扁平人物，除了兼具以上特點，還可能是一個爛好人或壞透的惡棍，也就是觀眾或讀者對他們沒「指望」，一個讓人沒指望的小說人物，哪會「有趣」？

有些人物是黑白善惡兼備，這些成分比例的不同，讓人立體化、活生生，所謂小說中的球型人物，也是這樣才讓人有真實感、願親近，留有印象。

31 如何訂一個吸引人的少年小說題目？（苗栗／汪月英）

李潼：截至一九九八年，我粗略估計，至少為自己所寫的一千篇長長短短的文章落過標題，其中大約有三分之一和少年小說有關。而這些少年小說題目在定案之前，又都有三選一、五選一的琢磨。儘管這「取名字」的經驗不算寡少，但我對於落標題這件事，仍然是「有信心，沒把握」、「有心得，難歸納」。

少年小說的主訴求讀者是少年，其實也包含「少年以上的讀者」。什麼樣的標題或書名，可以標舉小說的大體內容和主題；可以呈現小說的文學風格；可以釋放想一探究竟的魅力，能夠「像個小說書名」，雖沒見過卻又一見如故，以及至少和現代語言不偏離太遠？

《龍門峽的紅葉》在書名定案前，曾訂過很像報導文學的《龍門峽的孩子們》、選過硬綳綳的《石頭和木棍》、想過太平凡的《紅葉的故事》、取過太直接又晦氣的《紅葉飄零》、想過俗又有力的《加油吧！紅葉》，差一點就訂定疑似散文標題的《紅葉》。

這部以一個半生研究「保持紅葉不褪色的方法」的紅葉少棒隊預備球員，在中年追憶由胡武漢（江萬行）領軍的紅葉少棒隊，如流星般的光耀和滑落。敘述這群為國爭光的紅葉村布農族少年，喪失人生目標與健康的早凋歲月。雖然他們以悲劇性的結局收場，但他們畢竟嫣紅過，一如紅葉谷的秋葉；他們在球場的凌厲攻勢，一如紅葉谷氣派的龍門峽。這部小說當然得給它一個「嫣紅又氣派」的名字，以這種「相關卻不直接」的標題為名，讓那魚躍龍門的水峽暗藏一個隱喻，以便和紅葉的象徵相呼應。

少年讀者看見《龍門峽的紅葉》的書名，應該會有些好奇、有些興趣展卷翻閱吧？但我仍然「有信心，沒把握」。

這樣一部小說，總不至於有人幫它取個《紅葉少棒隊興衰之我見》或《試論為國爭光與運動傷害的關係》，以這種研究論文的題目，來顛覆小說標題的文學風格，直陳主題與內容而挑戰讀者吧？

我曾經為《臺灣的兒女》系列十六冊少年小說的題目，在六次兒童文學研習營（五次成人、一次少年）做過舉手投票的喜好統計。這十六部小說由我「精挑細選」出來的書名，在沒人閱讀過內容的平等狀況下，存有個別喜愛的差異是自然的，但其中兩個書名怎會連一票都沒有，而高居「領先群」的七部作品書名，居然都在六十票以上，這樣的差距，簡直到離譜的地步！

那一次的「少年票選」結果，和以教師與童書編輯為主的成人組票選結果，又顯出小同大異（此統計數據恕不公開，以示對此系列作品公平待遇）。

文章要有標題，書名亦不可省免，作家又不能每逢出書之前，便來個讀者意見調查，我只好憑過去取書名的經驗，為下一部作品在沒把握的狀態下充實信心，為少年小說琢磨出一個好的書名。

32 沒錄取的少年小說應徵作品，能否修改後重投？（苗栗／汪月英）

李潼：不僅應徵落選的作品可修改後再次參選，一般退稿作品也不妨再修改、重寫後投寄原報刊，若自覺作品已「好得不能再好」，亦可原文不動的轉寄它處；

而且不僅少年小說作品如此，其它性質的稿件也可「比照辦理」。

應徵落選和一般退稿都不是讓人舒坦的遭遇。沒錯，將它們當成一次遭遇，而不一定將它列入寫作生涯的紀錄。

能夠想到「修改後重投」的朋友，態度是實在的、反應是健康的，這種愈挫愈奮的表現，必將更有機會獲得作品發表之鑰，開啟成功之門。

依據我們了解：臺灣的各項兒童文學獎評審作業，早在三十年前已建立「作者姓名密封」、「消除任何原稿特徵」、「初、複、決三選」、「評分、討論、投票、合議」的公正、公開的辦法。電腦文書處理普及後，徵文單位並要求參賽者以打字稿送件，或將進入複選的作品全部打字列印，連「筆跡認人」的「不客觀」因素也降到最低程度。

可以這麼說：能在這些層層評選中脫穎而出的作品，整體的表現肯定在一般水平之上；縱不滿意，也能接受。而我們也相信落選（退稿）作品中，因徵獎名額所限及評選團的文學觀所致，必然也有「遺漏的明珠」，這是最公正的評選辦法也感到無奈及弔詭的遺憾。

至於若干悲憤的落選人揣測的「保障名額」、「強力運作」乃至「照筆跡給獎」，存在的可能性極低，因為在臺灣兒童文學獎評選機制建立這麼多年，是經過多層的考慮與時間的考驗。至於一般報刊雜誌的審稿，儘管與評獎的流程不同，最後的取捨因素，主要仍決定在編輯的「文學觀」、「作品價值觀」上。落選者或退稿者與其將精神施用在「檢討別人」的揣測上，不如將心力放在「反省自己」。

我們曾在一次少年小說比賽徵文上，拜讀過一篇〈青少年犯罪之我見〉及相互輝映的〈試論燈塔在人生的象徵意涵〉。這樣的「自選題目」若能寫成一篇有情節、有人物、有血有淚的小說，倒也讓人刮目相看，但它們可是扎扎實實的、擲地有聲的兩篇論說文。

我們也見過全篇一萬字，只分三段的小說；見過非敘事的長詩參加少年小說徵選；多次見過以「無題」為名的小說；見過「完全真實」的自傳；和讓所有評委都「看不出來在寫什麼」的作品。當然，這些讓人「印象深刻」的另類小說，僅是少數特例。

一般落選作品的大體表現都沒問題，在上上下下的評比給挑出來的瑕疵，多半是文學意味的強弱、創意構思的高低（是否發掘新題材、開拓新形式等等），能否創造閱讀趣味（生動、感人、愉悅和深沉的省思等），在某些時候，作為文學基本工夫的文字運用功力，也會成為優勝劣敗的爭執點。

有些人或許聽過「不同的評委組合，可能選出完全不同的作品」，這種嚇人的話。這說法的確誇張，因為個別評委仍有共同的文學評判標準，這標準既抽象又真實，尤其經過評選會議共同討論，沒有太多時間約束的發言後，這評判標準愈發清晰。

儘管在多次徵文出現過，其中一篇險在複選淘汰出局的作品，竟在另一組決選委員裁定為首獎；但這裡的正面看法應是「好作品不寂寞」、「幸好未成為被遺漏的明珠」。

落選和退稿作品，在當初完稿的一刻，至少是一篇「看得過去」的作品，否則也不會端出場、送出門，今天讓人退回門，哪能因此就給「消滅」的懲罰？

身為這篇作品生身父母的寫作人，收拾好意外、挫敗的情緒，再次去發現它的優點，重新給予調教，讓它以更好的面貌和內涵出門見人，這樣的「生身父母」才是長進的、有智慧的。

33 我常獨坐書桌前，凝視稿紙卻進不了狀況，很生挫折感；我有一些寫作經驗（曾獲校內文學獎），也並非沒有題材，怎會常

陷窘境？（花蓮東華大學第一屆青年文學營）

李潼：搜集到題材，只取得「寫作工程」的材料準備一項而已，距離一件作品的完成，還有設計（構思）和施工（落筆）一些細微或重大都疏忽不得的環節，要分頭或同時進行，「前程」還長遠得很。

凝視的狀態可能是專注或呆滯；保有「一些寫作經驗」的你，這「凝視」的成分究竟是什麼？不過，相信以你的經驗也許已經克服「稿紙（電腦主機螢光幕）恐懼症候群」——就像某些學生，平日學習還好，一旦攤開試卷，「考場恐懼症候群」便出現。

寫作是一種精細微妙的心靈活動，它基本的操作場地在書桌；但寫作狀態、初步構思的場地卻無所不在，而最好在就座之前就已進入書寫情境，完成今日進度的初步構思，也就是起筆的「引擎已熱機」，培養了蓄勢待發的精神體能。

這如同一名長跑選手，當他站上起跑線時已著裝完畢，做過適量的熱身操，想好了自己的行進配速和「集團追隨策略」，並且已轉換方才在餐館的愉悅鬆弛，努力排除與計程車司機爭執不快情緒，而進入一種專注的、蓄勢待發的起跑狀態。

當然沒人禁止在書桌培養寫作情境；沒人能否決面對稿紙的構思，但當這種狀態不易進入，那就得趕緊改弦易轍，不能讓這張書桌（或電腦主桌）累積太多挫折感記憶，成為「失敗場地」。

寫作狀態和初步構思，事實上是相互滲透的一種專注心神，蓄積到某種涵量的書寫衝動。它可以在刷牙、洗衣服、洗碗、散步這類不費腦力的工作同時積累，類似於心有所寄而心不在焉的失神狀態，這也是作家為人詬病的形象之一——為避免殃及無辜，培養這狀態時，請避開與人交談、上課時間、用餐時間、行車時間等等需要與「閒雜人」互動時段。

有人採取「狡兔三窟」的輪換書桌寫作，以克服文思阻塞。若府上書桌夠多，無妨，但若寫作狀態與初步構思未在就座前有較佳情況，此法仍是治標未治本，徒增挫折感。

我所敬愛的一位女作家，寫作經驗與作品質量皆相當，而平日少有失神的醜態。當我們知道她每在就位寫作或上臺演講之前，必定霸占盥洗室達半小時以上，只為進入寫作或演講狀態，便明白她的專業經驗和精神之可貴，以及她維護作家清新宜人形象不使外人受驚嚇的慈悲心腸；僅憑這點，她是值得歌頌的。

少年小說的情節安排很重要，請問這方面有什麼訣竅？

（高雄／吳燈山）

李潼：小說情節的前因後果，不論如何組構，不論是否合乎常情常理，甚至合不合現今法令，至少得言之成理的自成一個邏輯。

「性格決定命運」，小說人物思維、感情、價值觀及生理狀況、處在環境等等因素交叉型塑的性格——對世間人事時地物的慣常性反應，或有脈絡可尋的轉變，小說人物的性格和他的命運（情節）也是互相推演的。

也就是作者主觀安排的情節，由小說人物的作為來呈現，其中事件及情節的獨立與串連，既要給讀者有真實「感」便不能一廂情願，而無視於人物性格發展的必然和偶然。人物塑造與情節安排是相因相循的。

由這樣的基本認識發軔，再談情節安排的尋常與不凡、平順與轉折、個別凸顯與全局布置、伏筆與呼應、衝突高潮與撫慰舒緩、象徵隱喻和破題，才有穩實基礎。

發動不凡的情節安排，取決於少年小說作家不凡的眼光，即見識、思維、感情和寫作技巧。

情節的曲折繁複，來自多元思考和逆向操作。小說「問題」的出現，這「事出有因」的因素，若來自人物的內在性格和外在環境交錯，而非單一事件，情節發展便有更大可能。

由作家的人生觀點透過小說人物策動的小說旨趣，綰合了情節全局，但情節中的個別事件，在自成的情理仍大可凸顯。平淡的事件難以促成精采情節，小說的可讀性，總在這種單元被稀釋掉。

情節的環環相扣，不僅是數學中的加法，其中的伏筆與呼應，約略還是乘法作用，效果奇佳。在適當的情節之前埋下一個不即刻產生反應的因子，而後與它呼應，作用常呈倍數增加，也常使讀者有閱讀發現的快感，對情感的衝突或解決具有轉折的合理性，對主題的烘托可收事半功倍之效。《尋找中央山脈的弟兄》早早被提及的遺忘池和記憶池，對情節不具重大影響力，但這部八萬字小說構思之初，它們已被安排在故事將結束的位置，以烘托「無常人生，珍惜當下」的副題。伏筆與呼應的距離，太遠，易淡忘；太近則不成「驚喜發現」，它又牽涉篇幅長短，不同篇幅的作品有不同的安置。

小說「問題」解決的過程，讓善惡、強弱、冷暖等等人情事例有更多重的爭鬥，有更多解決的方法，情節自然豐富；但高潮有大小，其中不能遺忘撫慰舒緩的空間，即使「高潮迭起」也是有平降促成其迭起。

象徵隱喻是小說藝術最上等的元素之一，《火金姑來照路》中的暗夜螢火，貫穿全文；《藍天燈塔》的隱喻，都在小說構思之初已有安排。

小說的破題藉由象徵隱喻的「軟功夫」來點刺，正是文學之所以為藝術的高招。

35 試寫少年小說，自覺只像成人文學的「現代小說」，沒有兒童

文學味道，請問如何把握？（高雄／柯夢田）

李潼：當一位成人作者在從事少年小說創作，心態上得把握「視角的下降空間」和「與少年讀者的對話位置」。這兩項分寸微妙，但若疏忽，常現敗筆。

從事「心靈工作」的作家，在思維的深度、見解的廣度、觀察的敏銳度，往往有別於一般人，再加以理應和歲月增長同步並進（當然有許多例外）的人生體會，有人難免在心態上有些「老」，老得在實際年歲和心態都遠離了少年時代。

這少年時代還不僅是自我的年代，最遺憾的是自外於現代的少年。作為一名少年小說作家，這可要大費一些手腳了。

成人作者當然不能拋棄層疊累積的人生經驗，但一位少年小說家仍可以選擇他的視角，發揮他模擬和想像的能力，將視角調整到少年讀者或小說中的少年角色（有時也未必以少年為主角）可以理解或應當理解；樂意注目或應當注目的空間，對小說人物與情節鋪陳的世界，感到有趣並有啟發。

每一位少年小說家不論以什麼樣的敘述觀點，透過什麼樣的人物與情節開展小說，總有一個發言的位置，他藉由這位角色與少年讀者對話，若姿態過低，不免稚言兒語；若姿態與位置過高，常犯權威的說教者。作者若能選擇一個適當的位置，比如夥伴、同學或小哥，一切又將改觀。

以小說的題旨、素材、背景或結構來做少年小說和「現代小說」的分野，往往失去準頭，比如同為「資優女生跳樓」的素材，只要在「視角的升降空間」和「與讀者的對話位置」精細調控，小說的題旨、結構和背景氛圍自然改變。少年小說和「現代小說」的不同訴求也就有了區隔。

有心試寫少年小說的朋友，不妨找來素材大致相同的少年小說和「現代小說」作品，細細揣摩和比對，當可察見它們的不同。

在這樣的體會和觀摩的同時，還得「實兵演練」才行，只有選定一個題材，將意念化為作品，這把握才能確實。

少年的身心處在半大不小的小大人階段，屬於他們的少年小說也游走在這種似大猶小的景況，這樣模糊的「灰色地帶」，何嘗不也是個廣大的境地？我的樂此不疲，證實這文體有極大的伸展可能及無比樂趣。有心試寫的朋友，不妨下個決心，就來個「寫真的」，這樣的決心當然也有助於對這文體的早日把握。

初試少年小說寫作，對較長篇幅常感怯懼，請問您有何建議？

（彰化／楊小佩）

李潼：幾年前，報載一位求好心切並將榮譽轉寄在六歲女兒雙腿的退伍老兵父親，每天督促小女兒練跑；而且不吝花工夫陪女兒參加各地的越野馬拉松賽。

這件事，很引起教育學者和兒童福利保護會的關切，他們認為這位父親的行徑太過分，幾近是虐待兒童——一個步伐都不穩的小女孩，怎麼跑馬拉松？這父親堅信小女兒有長跑天分，而且口口聲聲為女兒好，怎沒想到「愛之適足以害之」？

更令人驚訝的是：這時常參加不分組女子馬拉松的小女孩，成績常領先多數的青少女選手，並且氣喘吁吁的表示：「我喜歡跑馬拉松！」

心靈工作的寫作不是體能運動的跑步，但兩者運作也有若干相似可比擬。

暫不論技巧，長程馬拉松真是對體能和毅力的嚴厲挑戰。四十二公里一九五公尺的長程，即便慢步十小時也讓許多人退縮，更別提三小時跑完的合格標準。

「初試少年小說寫作，對較長篇幅常感怯懼」，可謂正常反應，因為耗時一年半載才能完成的十萬字小說，和耗時三、五個月的五萬字中篇小說，在寫作技巧之外，同時需要體能和毅力。

除非在別的文體已累積不少寫作經驗，或在「非少年小說」寫過較長篇幅作品，或像那被發現及自認有「長跑天分又熱愛馬拉松」的小女孩，否則一起筆就來個五萬字、十萬字的少年小說寫作計畫，可能會寫得很喘；寫得頭暈腦脹；寫得腳痠手軟；寫得支持不住的中途離場，白惹一個深受打擊的悶氣。

對初識小說寫作的文友，以篇幅而論，我建議不妨由三、五千字的短篇作品著手為宜，尤其對小說文體寫作經驗不多的朋友，這樣的篇幅恰恰能讓技巧、體能和毅力伸展與考驗，而失敗挫折的可能性降低。

寫作經驗愈豐富的的文友愈能體會，要以八百字、一千字完成一篇有趣味、有蘊含又有文學意味的小說，它的構思功夫和書寫功夫也是「所費不貲」；而且稍不留神便寫出個失敗之作。

三、五千字這種介於中篇和短篇的篇幅，正好也介於構思上的累與不累、書寫上的嚴格與寬鬆之間的理想狀態，可以讓小說的開啟問題、製造衝突和收線解決，較不易有「時不我予」，遲遲出現不了的問題；不易出現「情節平淡」，人事矛盾無法對立；以及「無線可收」或「無法收線」的悵然若失。

我們知道，傑出的短跑選手除了加強起跑、衝刺及抵達終點的「壓線」技巧，也得練習一千五百公尺和五千公尺的中距離跑步。長篇或中篇少年小說的寫作，非常適合對短篇作品情有獨鍾的文友一試，其中的趣味和功夫鍛鍊，對寫作生涯是有益無害的，當然，這還得掌握個人進場的時間點。

如果以平常閒談「故事」的方式，用文字表現出來，會不會降低了文學意味？（臺中／廖健雅）

李潼：小說的語調可能是最接近凡常生活白話的一種文體，尤其小說的對白，活脫是世間兒女的家常語。儘管如此，語和文畢竟是兩種不同的傳達載體，有它們不同的表述方式。「我手寫我口」仍不是直接的使用，它需在文字上有所選擇；

方式上有所轉換。

不乏也有人採取「娓娓道來」的敘事情調；但一部小說的「閒談」，不會有家常閒談的散漫（自由）無章，不會無意識的語病連連，它應當經過取捨調整，有更精確的指涉。一定程度的小說家，他在文本的若干散漫或語病等閒談氛圍的處理，總有他的作用。

一般說來，文字書寫比口語表達更精鍊。小說家在文本中的對白，比起日常生活的兩人對談，他幾乎掌握「全部發言權」，不像現實對談常有外力干預，變數繁多。作家在有限篇幅（任何篇幅都是有限的），怎能讓無關緊要的「廢話」出現？

每個人的談話風格、訴求目的、內容、組構、語調、表情乃至口頭禪外加肢體語言都不相同。機運良好並用心聆聽的人，也曾發現有些「不同凡響」的人，在閒談時也能有高質量的文學意味，宛若一篇精采小說，至少是說書人的水平。

這裡的文學意味，是情節跌宕曲折、人物栩栩如生、主從角色性格鮮明、故事轉折流暢、因果關係合於情理、時空背景清晰、遣詞用字「適得其所」、臨場的「真實感」毋庸置疑、悲到盡處無言、喜悅當頭心花盛開、優勝劣敗之處令人回味、其中的文采機鋒讓人興歎、伏筆引人掛念、而整體氛圍既俗且雅，所以在欲罷不能的聆聽後，不免若有所思。

綜合以上優點，再輔以描述和對白的交叉運用，轉換為文字表述，只怕不能取其精髓，還原其神韻，哪來排斥他的「原著」只是一場閒談？

因時間、場合或個人素養等因素，凡常閒談較難做到這款精采生動、蘊涵文學意味的水平；自覺閒談風格只在「自由、輕鬆」習慣，小說寫作又不能達到那「一定程度」的文友，不妨多多體會語和文的差異和轉換，也就是其中的鬆散與緊密、口語與文謅謅，在文字上先取得一種合適的運用，並進而發現情節鋪排、敘述結構、基調等等應注意的問題。

38 如何在少年小說觸及「死亡」的問題？（臺北／王淑芬）

李潼：「死亡」命題的終極關懷，正是「生命」的本身。若說死亡是個終點（有人並不以此來看待它），少年小說家面對終點光景，其實看重在它之前的過程變化，而不是死亡的本體。

面對死亡這個無人可豁免的命題，作家願揭露的是艱難生命中的若干愉悅、卑微生命中的莊嚴；願意著墨的是痛苦肉體上的奕奕精神、身不由己的大有可為；願意提示的是對自我生命及他人生命的尊重、生命存在的責任以及如何在不可掌握的命，創造可使力的運。

對於生命消翳，我們理當更關切生命涵容的可能。

生命的由來有許多偶然和必然，死亡亦同。而生與死之間的生命歷程，人們究竟以何種生活方式和生活態度，為個人及他眾的生命塗上色彩。

青春少年宛若盛開春花，縱有傷春悲秋的情緒，心底還認定凋落的晚秋尚遠。多數的春花少年，並不細想死亡命題，往往也易失去對生命涵容的設想；正因青春勃發，暗示生命無限，於是有人揮霍生命，失去對過程的珍惜及對生命的尊重，也輕忽了生命的終結。

少年小說不妨讓少年知道，死神的召喚，並不以年齡的老少做刻意選擇，「黃泉路上不分老或少，誰先去了不知道」。

有一類少年，因個別生命經驗而早熟，對死亡產生過度憂懼，憂懼世界末日預言的實現；憂懼掌心的生命線短窄；憂懼短壽家族的遺傳；憂懼到喪失生存目標和勇氣；迷惑了生命過程的意義，當然也遺忘了個別生命也擔負著對自我和他眾的責任。

熱愛飆車的少年，有百十種不得不飆的理由，但他們的共同特點是：不對任何人與事負責。才將自己的生命逼在毀滅的邊緣，以此證明勇氣、宣洩不滿，期望能博得肯定、製造傷悲，以此向死神挑釁。

另有一類少年，看似聰慧，實則迷糊；看似堅強，實則懦弱；看似自有主張，實則盲目跟隨。選擇自殺身亡的少年，有百十種不得不自裁的理由（這理由較少包含健康欠佳），不論愛情無寄、課業沉重或生活不順，他們一旦選擇以毀滅證明存在，都洩漏了最不可寬諒的自私——怎能以此懲處堅強生活的親友師長？

停止心跳和呼吸的死亡，少年小說家可著墨的空間有限，它廣大的空間當然是在它的之前與之後。不論少年對死亡命題抱著無知、自私或怯懦，少年小說家面對這樣的命題，永遠是敬畏、理解與同情；而不在文本情節中對他們以羞辱、訕笑或謾罵，唯有如此，才能予盲障以清明、予失意以希望、予放棄以重生。

少年小說家試圖探觸死亡命題，先得確切釐清我們對生命的理解，並再接再厲鼓舞自己生存的勇氣。

如何寫現實生活小說？創作時，如何取材？有沒有特別該注意的要點？（高雄／吳燈山）

李潼：取材於現實的少年生活小說，因「無處不題材」，在缺少時間沉澱，包括事件的時間及作者醞釀時間。缺少距離的美感時，最容易失之於平凡；而平凡又是少年小說——文字藝術最讓人遺憾的致命傷。

要讓現實生活的平凡事件，成為「平凡中的不平凡」，除了調控作者與事件的時間感和距離感，更重要的是：讓平凡事件加添了作者發現的新意——有別於凡俗習以為常的解讀。作者不要放棄對生活事件加以濃縮、渲染、解構和組合的權利，也就是以大挪移的情節來運用現實生活事件。

現實生活小說因場景熟悉、距離切身，創作者一旦將現實與真實狹義化，更容易犯了「見樹不見林」的枝節瑣碎、盤根錯節；以這樣的「真實」，塗抹掉對主題呈現有意義的描摹，同時也喪失了讀者最在意的「真實感」。

少年生活小說最常選用校園生活和家庭生活素材，當小說創作人是現任教師、現代父母又自我強調「真人真事搬上文學」時，更萬萬要與「真實事件」保持一個觀察的距離，一個「置身事外」的位置，讓「時間意識」沉澱，並且別忘了小說擁有的特色——虛構的真實，若將這權利拱手出讓，現實生活小說便可能踏入平凡之路了。

我們當然也聽過「生活故事」這類文體，特別強調不虛構、逼近現實生活的努力。

這樣的生活故事，是否要接近新聞報導？

比如兩位結伴離家的國小六年級女生，在校外教學時從臺中自然科學博物館不告而別，三天後在臺北一家素食餐館被發現，從有限的新聞報導獲知，她們是由善心的餐館老闆再三開導，才透露在臺北工作的姑姑家電話，輾轉通報，並經新聞報導語焉不詳的埋伏過程，才沒讓她們再度逃離。

這樣的「生活故事」，若不經推演、想像、詮釋，「不虛構而逼近現實」的寫成，能比各家的新聞報導又詳細多少？又能有何區隔和延伸的意義？

任何情節一旦加入個別的解讀，不免已有偏離事件原本的虛構；但即使求真的新聞報導，也有因採訪所下功夫的輕重、書寫重點的選擇、或當事人的隱瞞等諸多因素，所謂完全真實並不存在。

文學上的虛構，並非世俗社會理解的虛假、欺瞞，而是作家的巧思慧心對事件原委的再次解讀，重新組構。靈慧所及可以直入核心，探觸到最隱晦的內心角落，將問題本質揭露出來；巧思所至能將原初事件基於種種緣由而零散的部分綰結，將空白部分彌補，並以文學手法將重點提示出來。

文學上的虛構，當然不是凡常的說謊，更不是與現實對立。虛構的能力正是作家想像力、創造力與組織力的展現。

小說創作者是不是要具備複雜的思維？（南投／陳秀枝）

李潼：假如說，「複雜的思維」指的是宏觀世事變化的努力、微審人情轉移的體恤、洞察命運浮沉的眼力、反應突發事件的聰明、培植大愛無私的智慧、珍惜有情有愛的溫暖、試圖發現大自然的奧妙、思索長短生命的作為、探索人力的有限與可著力，那麼，以文字為工具，選擇小說為體例的創作者，是要具備「複雜的思維」。

因素材、題旨和形式的寬容度，小說擁有更大的「逼近生活」的空間。小說創作者進出這樣的文字世界和現實人生，若抱著清靜無為的「單純思維」，他如何去因應抽象與具體相乘相加的大千世界？如何去創造他的文字世界寫成一部小說作品？並有足夠的思維空間，容許自己也在創作過程「被小說寫了一回」？

小說創作者「複雜的思維」是「創作養成」的條件之一。小說之所以為文學藝術的形式之一，創作者還需要「藝」的靈慧、匠心、毅力以及「術」的方式、操作、運用。

小說創作者的理性思維，需要感性運作；懂得大處著眼，更需要小處著手。小說不同於學術論著，不同於哲學研究，它託附「故事」的表述，唯有感性運作才合宜。作者的宏觀著眼，仍得由細微處切入，在微妙的關鍵擴展；否則，它可以不稱為小說，是另類體例。

少年小說創作者的「複雜思維」，肯定要包含對少年的同理心，這也是少年小說之所以為少年小說的一大特質，少去了這一特質，也是另類體例。

少年小說創作者在此的體會，具有令人痛苦與暢快的挑戰，尤其成人作者，體態在歲月中逐日老化，成人世界的心思層疊夾雜，在這「現實的逼視」中，一位少年小說的成人作者，如何保持身體的活力，儘管注射「胎盤素」也回復不了青春少年的體能；但總得讓各器官機能維持在可用、好用的狀態，延緩「無情歲月」的催化作用，這也是「正常化」的文學創作者值得把握的。

成人世界紛雜的人事，稍不留神便讓人的心思攪亂、冷漠、疲憊而成「老胡塗」狀態，少年小說創作者必得在見過「千重山、萬重水」的「複雜」之後，還能保持單純的公義之心、無關利害的明辨力和不畏「錯與挫」的勇氣，而以這樣「歷經複雜生成智慧」的單純，來貼近當代的少年讀者。

不論任何世代的少年，可能傳承若干共同旨趣、普遍習性或永恆主題，成人的少年小說創作者，固然可從自己過往的少年生涯去推演並捕捉現代少年的心思，甚至直接「翻譯」自己的少年經驗為小說旨趣；但若放棄了直接面對現代少年不同於過往的生活形態，從中擷取新鮮題材，也是不足的，有損保持年少心思的力道。

這也是「複雜思維」中，最好把握的單純作為。

請舉例說明創作小說如何選擇場景、設計情節，讓讀者身歷其境，引起共鳴？例如《少年龍船隊》一書，很多讀者對划龍船並不深入了解，作者應如何帶領大家去認識，且應從哪裡切入？（南投／陳秀枝）

李潼：單以小說情節和場景「讓讀者身歷其境，引起共鳴」來說，它們的選擇和設計採「陌生中的熟悉」、「熟悉中的陌生」該是不錯的參考原則。

比如「划龍船」，多數人沒有上龍船划槳的經驗，對它的實際操作有些陌生，但身為臺灣子弟，這種「見識」還是熟悉的。兩船相爭而引發的兩村衝突情節，可以理解，卻又不曾捲入其中，這是「熟悉中的陌生」；若將這樣的情節縮小到兩人的電動遊戲爭執或放大為兩國的冷戰、熱戰，依然可以「身歷其境、引起共鳴」。

儘管有些小說情節可以安排在多種完全相異的場景演出；但有些情節和場景卻「情」有獨鍾的難分難捨。

不論這些小說情節和場景互動、可變及局限如何，小說創作者當知道主情節中附帶有若干次情節；主場景又可延伸出副場景。擔心小說情節太「悶」，不願場景太單一的寫作人，靈活運用的空間相當寬廣。

值得注意的是，這些「情節和場景互動、可變及局限」的運用，得合乎某種邏輯，才具說服力，也就是其中的順序或跳動，不論合於某個社會常態、地理空間，或是作者一手創造的景況，它們必有一套言之成理的因果關係。如此，讀者在文本進出的真實感才能順利建立，促使他暢行文本並有所獲——不論開懷、傷悲、激憤或沉靜，達成閱讀的趣味。

讀者對小說情節和場景的熟悉或陌生，不免有些個別差異。有些精采小說讓眾多讀者「身歷其境並引起共鳴」，偏偏就有另一些讀者覺得陌生且缺少感覺。

更有趣的現象是，這些因陌生和情節而產生「閱讀抗戰」的讀者，往往又是比較勇於表達意見的讀者，這樣的「有聲勝無聲」，也可能扭轉了一部小說作品的大眾觀感。

事實上，一部小說的情節鋪排和場景描繪，身為作者，只要通過自己對它合理邏輯、懇切說服和真實塑造的審視，作品一旦問世，只有「看倌請便」，作者可著力和補述的餘地並不多。至於有些對「超越個人生命經驗」而抗拒新情節、新場景或新的表述方式的讀者，一位自認寫出夠格作品的小說作家，唯能奉勸「小說閱讀不僅在復習生活，小說閱讀更在預習生命」，尤其是生命經驗的發展空間還很廣大的少年讀者，大可不必畏生。

以《少年龍船隊》中篇少年小說來看，作者絕不因「很多讀者對划龍船並不深入了解」而大肆介紹「划龍船須知」，畢竟它是一部小說，小說的諸多「功能」裡，儘管提及場景、道具、道具的「由來和須知」，也是因為小說情節的必須，它們可能成為情節發展的有機體，才會加以著墨。小說家的「有話要說」，決定了他的取捨，也決定了他的切入點。

42 請問您如何安排寫作時間？（一九九八年國語日報兒童文學夏令營）

李潼：我在一九八九年辭去公職，成為一名專業作家。在「寫作個體戶」期間，也應邀客串《宜蘭觀光》季刊的創刊編輯和文建會《文化通訊周報》每月一期的臺灣東區主編；這是不必打卡上班，只需按時繳交編輯完稿的半職工作。因此，對於業餘寫作、專業寫作和寫作附帶工作的經驗，都有一些體會，尤其在寫作時間的安排上，有些管理心得。

我在《少年噶瑪蘭》之前的作品，包括《再見天人菊》、《順風耳的新香爐》、《天鷹翱翔》、《大聲公》、《大蜥蜴》、《博士・布都與我》等十多部少年小說作品及《屏東姑丈》、《相思月娘》等現代小說、散文和幾百篇「散見各報章雜誌」的作品，都是在公職的業餘時間完成；而且，自評公職生涯也未見疏漏。這裡，「說能力太玄妙」，對於寫作時間的管理和寫作情境的進出，倒也自覺良好。

我的公職業餘寫作時間，大抵持續的安排在每天晚上兩小時左右和假期中的每天早上、下午各兩小時。因以完稿量為「管理重點評量」，偶爾熬夜逾時，偶爾提早收班；但挑燈熬夜這種違反「生理時鐘」的拚搏，對我的生理時鐘和心理狀態常造成得不償失的干擾，大抵我不讓自己如此「揮霍」。

完整可用的自由時間之外，更多是那些化零為整的零碎時間。

這些零碎時間散布在：課間活動或不求結論的會議、往返家門與學校的時間，這是題材構思或培養寫作情境的「黃金碎片」；我的多數作品大抵在這些時刻已完成一半，而在家中書桌落實另一半。

專事寫作後的體會更豐多，單就寫作時間的安排而言，這種以完稿量的多寡來訂定時間的原則，善用零碎時間構思以便「一接近書桌便進入寫作狀態」的調控，基本上和業餘創作時代同款。它突然多出來的「一大塊完全自然時間」，其實更需要管理，以免完整時間被自己給分解成碎片，或讓外務——寫作之外的人事割裂，這得需要一點自制力和選擇力——「人在江湖，身不由己」的無奈，其實只是價值觀閃爍的託辭，只要自己願將寫作定為第一順位要務，其它種種妥協退讓，該不至於有那「身不由己」的悲嘆。

事不分輕重緩急的人，不是生涯規畫欠清晰，便是要得太多而亂了分寸，說到底，並不擁有悲嘆無奈的權利。這託辭自己說說，聊以自慰，再三再四說給人聽，並不具說服力，說多了怕會心虛喪志，所以，我向來不敢也不必這麼說。

寫作時間的安排，以實務經驗為基礎，最為可行，它的誇張或保守設計都得透過實際操作來驗證，並允許階段性的修正調整。甚至因體能心智的變化有所更迭；因春夏秋冬季節天候的轉換有所不同，所以它還可依各週按月、按年有些浮動設計。

寫作既然是「各持一把號，各吹各的調」，每個寫作人「前進的鼓聲」也不會一致，寫作時間的安排絕對是因人、因事、因地、因時間而各取各需；只要能順利完成作品，並保持昂揚奮進的身心健康，這樣的寫作時間安排，外人也難說不好。

43 少年小說為了生動傳神的真實感，人物對話中難免夾雜許多髒話或難聽的口頭禪。出現太多，擔心對青少年造成不良影響；全部捨去又恐失真，請問該如何取捨？（高雄／陳啟淦）

李潼：「小說人物」寬容「各色人等」，多半以少年為主角的少年小說，也不例外。

不論現實人生或小說世界，大奸大惡的少年實不多見，大抵只是小惡小壞的思想言行偏差的「不良少年」，即使少年小說裡的各色「配角群」，因這文類的「向上」特質，我們幾乎不曾看到過於惡質的人物和事件。

對於文化層次偏低、生活素養有待大力琢磨的的小說人物「生動傳神的描繪」，他們的滿口髒話，也不過是形象呈現之一；何況，有些言辭鄙俗、出口惡毒的人未必動用「髒話」，依然能達到他自期的咒罵效果。

另類的「問候人家的母親」或「敦請人家的女性列祖列宗」，即使是未備特定對象的「操」、「丟」、「搞」都不雅，都令人不安。不論少年小說作品篇幅大小，這類「言辭強暴」一旦出現超過三次，恐怕已瀕臨「違法亂紀」，用得再多，文學的藝術品質自然也受到斲傷，尤其顯露了作者的放縱與文字操作的無能為力。

小說中的「該人物」出口成「髒」的唱念，如唱流行歌謠，作家為了表現他的特定身分、特別情緒、特殊偏好，偶一為之的讓他念唱一遍過後；其實，對話之外的敘述仍可不那麼刺目的表現他的「殊異習慣」，比如在他的「對話」前、中、後，加上一句「他用力地噴出一句粗話，接著又說……」、「末了，他又咒了一句髒話，這才心滿意足的收口」，或「這人呸一口濃痰，外送一句髒話，睜眼，說道……」這裡的「髒」與「粗」不但也傳達到位，而且其髒其粗更具想像空間。

「髒話或難聽的口頭禪」對青少年讀者的影響，還不僅在「有款學樣」、「習慣成自然」或「閱讀經驗與現實生活的落實呼應」。寫作人更該注意的是，落筆之際，是否有意或無意的將這些「髒話使用權」，分配給了某個特定階層的人物、歸給某些族群專用，而造成青少年讀者的某種偏見。

電視脫口秀一位男扮女裝的藝人，仿客家腔的一句口頭禪「中壢土雞又油又香」，都引來客家族群指控「對硬頸客家人典型形象的汙蔑」。有些寫作人總在閩南大哥或老輩的語言奉送「X你娘」、為四川老兵附贈「他奶奶的」，彷如不將這些「髒話使用權」分屬他們，便不能表現族群特色，就像「阿勇」演出的電視連續劇，編劇人總不忘為他加寫「三字經」粗話，以彰顯他的「臺灣特色」。這有心或無意都是粗暴可鄙的，用在少年小說更是鄙陋可厭的，它的文學效應，更值得寫作人多加省思，以少年為先、文學掛帥來斟酌使用。

在成人小說中，純粹以「閩南語」寫成的鄉土文學作品並不多見，請問是否也有值得推薦的「方言少年小說」？在本土意識抬頭的今日，「方言小說」的運用，是否值得在少年小說領域推廣？（臺南／林培欽）

李潼：直到一九九八年中，我還未見到以純粹的河洛語或臺灣話方言寫成的短、中、長篇小說，也沒讀過以客家方言（四縣腔或海豐腔）、泰雅族、布農族等各族方言以漢字或羅馬拼音寫成的少年小說。

甚至從我少年時代迄今，接觸以萬計的「泛讀書界」前輩、師長和文友，我不記得聽過有人能夠以純粹的河洛語（臺灣話）來發表論文或演講，而不夾雜「北京話」、英語、日語還能詞彙豐美、辭能達意；即使在平日閒談，我也多時不曾聽見純粹且正宗的河洛話了。

這該是我的寡聞少識；但作為一名作家，我向來對任何語言、文字的變化存有一分關注與發現，我相信比我幸運，能在學界或家常仍不時聽見純粹且正宗「閩南語」的朋友，大概也不會太多。我九十四歲高齡的祖母，以「閩南語」言談終生；但在我們這群孫子、曾孫、玄孫一代代出現後，她的閩南語也隨世代起了變化，尤其孫輩們「開發」的新食品名稱：雞排、養樂多、可口可樂、乖乖、酢醬麵、奶嘴、蔥油餅，甚至甜酒釀，她都跟著孫輩的童音國語夾在閩南母語中說得流利無誤。她也失去了純粹且正宗的「閩南語」？這還不令人駭異，我猜想：她若趕上一九九八年上半年的熱門電視連續劇，她也會說「你們不要吵，我要看《還珠格格》」，那句「還珠格格」可是字正腔圓的北京話。

老祖母的閩南母語質變和量變，是從她這一代才開始的？當然不是，其實她的閩南母語早在她的前輩已自然的加入了「米索西魯」、「烏魯木齊」、「沙西米」、「那卡西」等等「生活外來語」。

任何語言都是日新月異的成長，嚴格意義上的「純粹」，是不存在的。再寬鬆的來看，有人刻意將「外來語」生硬的翻譯為「閩南語」，譯寫為文字，以為仍是純粹，這商榷的空間還是有的。

如同人的成長，語言文字的成長也得經過新生、再生和捨棄的過程，這過程若透過無人宰制的自然方式，也是生活的，無人可阻擋或消滅。

有人願在少年小說領域推廣「方言小說」，先得對它的「純粹」有所認識。這類作品如同其它語文作品，都會獲致讀者的某種回應：喜愛、不喜歡或拋棄。寫作人既然有意將作品發表，便有了回應的等待，口頭上的不在乎是「不自然」的。寫作人基於本土意識、政治意識或文學主張等等動機，書寫純粹的方言少年小說，又說只為自己寫作，這是對於少年讀者的不負責。

若為提振某種「純粹方言」，事實上，文字的效用遠不及口語傳播。

真實的人物傳記中，能否添加虛構的角色和部分虛構的情節？

（高雄／陳啟淦）

李潼：既然將書寫文體標舉為「人物傳記」，在行文規範上便有了「忠於事實」的要求，這樣的要求，比「報導文學」更嚴格，當然不是崇尚虛構的小說可以相比擬。這些「真實與虛構」的作品，無關價值高低，它只是約定俗成的「約束與創造」，一種個別的特色，是作者與讀者的默契形成的文類特質。

任何文體都能創造閱讀樂趣及彰顯真義，但形式不同，表達的樣態和內容取捨也就有了差異，好比「人生追求喜樂平安」這「道理」，讓傳教士、訓導主任、說相聲人或直銷售貨員說來，儘管「道理」不偏離，卻大異其趣。

若小說的表述更像說書人的說學逗唱，那麼人物傳記的記行，則接近奉《聖經》為圭臬的傳教士宣教，不論傳主為高僧或凡夫俗子（肯為小人物立傳的例子太少），他們的豐偉德行或「平凡中的偉大」作為，一旦涉及虛構，這樣，傳記和小說又有什麼區隔？

傳記的「忠於事實」，其實存在弔詭的趣味，其實也不容深究的。

試想在「死者為大」文化傳統的社會，那些對往生傳主「懿行」的歌功頌德，其中存有多少真實？又含藏多少偏離事實的追緬？

即使「進入歷史」的傳主，留有累積性的白紙黑字記載，其中的一致評價說法，又有多少人云亦云？而這些評價的生成，又處於什麼樣的文化境地？是來自什麼樣的觀點？有沒有存在「你那好美背影」的懷念？

若虛構是坦白的謊言；所謂真實，更含藏美麗的狡辯。

那麼，真實是否不存在？

也未必。

「真理愈辯愈明」、「真理只有一個」；但它是一種抽象理念，落實在人的作為和事件，這真實卻是立體的、多面向的，容許從上下左右各種角度來觀察的，也就是任何一件「事實」，都容有多元的解讀空間。

寫作人從事人物傳記書寫，最大的挑戰和成就感，正是這從資料比對、訪談整理、時代認識、文化體察的各種一致與分裂、呈現與隱瞞、同質與矛盾、凡常與殊異所辯證出的真實，通過自己感知所認定的事件核心，來還原傳主的一生歲月。

寫作人的想像力、組織力在人物傳記上的發揮，仍是需要的。它是至少讓自己能同意的合情合理的形象塑造、場景還原和來龍去脈；這和角色或情節的大膽虛構不同。人物傳記講究「真人真事的有憑有據」，是這文體的約束，而解讀則是寫作人的創造權力。這思辨解讀也是寫作人面對不見經傳或久負盛名的傳主，在落筆之前和之中最大的功課及最迷人之處。

南向避冬的黑面琵鷺，
在座頭鯨背歇腳。

46 是否「按準時代脈動」的文學作品，更容易受到讀者注目及獲得文學獎評委們的青睞而得獎？（一九九八花蓮中小學教師兒童文學研習會）

李潼：文學的最動人之處：在於呈現滄桑人世裡最永恆的情調，也就是觸發了人心最柔軟且堅毅角落裡的脈動。「時代脈動」當然也存在這樣的情調；而文學作家藉由當代讀者耳熟能詳的事件、素材將它托陳出來，當然更容易得到共鳴或回響。

但是，擁有一定程度的作家，可能選擇了「合乎」時代脈動的素材，卻不至於為「按準時代脈動」而寫作，他的第一順位關注在於：文學的最動人之處。

刻意博取讀者注目，尤其為獲徵獎評委青睞而去「按準時代脈動」，那是投機，如同將股票投資視為合法賭博的人，縱然「博得」金錢，層次仍有高低；「賠本」後的處境更大不相同。

文學工作絕對不是一本萬利、短線操作的高效益行業。心靈工作是永不休止的沉潛和自我提振，探索生命之謎如同溯步河源；窺解生命幽微如同勘採礦藏，說它本輕利多是幽默一則，行外所見，文學工作者當不作如是觀。

我們理當觀察「時代脈動」，不閃躲亦不偏愛，它們之於文學的價值，和其它世代脈搏同等地位，它們不宜缺席；但更不宜以集體意志去做「電擊」跳動。

文學作家以他專長的文字藝術，去處理他所發現並深受感動，而有話要「說」的素材，賦予題旨。少年小說家便是以小說將它們「說」出來的人。

有趣的是，所謂「時代脈動」的題材，不僅僅是當代事件和當代旨趣，人類的生活儘管日新月異，卻因生活方式與態度的傳承難以斷代，生命的基調來自悠遠的主旋律，有關「嶄新時代」的設想並不符現實。

事實上，任何當代的人，不乏也在重現過往的某些事件，再度想享受遠年的某種情調，或重蹈從前的覆轍；只不過做法出新，形貌更換，其實本質上的聰慧或胡塗並無太大差別。

所以，我們也就更加明白，與其浮面的去合乎或按準時代的脈動，在有限時空去捕捉它的現象；不如更深入沉潛在各個時空遊走，從遠遠近近的事件去探觸人的本質，再藉由合適的題材將它們展示出來。

一般說來，少年小說作品面世露臉的管道，大抵在報章、雜誌、出版社以及頗具助力的文學獎。這些作品發表管道的確有它們的「刊物特質和徵文調性」；但身為一位具有個人風格的作家，除了對它們有個粗略認識，又如何能將太多精神用在這些隨社會供需而改變「特質或調性」的刊物及徵文的揣測；何況臺灣刊物編輯高流動性及更迭不斷的徵文評委，更無從捕捉。因此，寫作人的創作心力，唯有放在創作思維的充實與釐清、創造力的開發或保持，才是創作生涯能否常青的根本之道。

讓少年讀者看得迷迷糊糊，甚至看不懂的小說，是否已喪失了好小說的基本條件？（一九九六年兩岸兒童文學研究會少年小說研習班）

李潼：若將這問題改為「少年小說作者寫得迷迷糊糊，寫成後，自己也看不懂的作品，是否已喪失了好小說的基本條件」，答案便有八、九分肯定了。

這答案為何不是十分肯定，而留下一兩分的懷疑空間，這就牽涉到讀者的百十種型類，另類作品仍有另類讀者喜讀樂見，即使作者都覺得「莫名其妙」的作品，仍可能有那「一兩分」讀者能接受。

「流行閱讀」也存在「個性閱讀」的空間，這「個性閱讀」包括「許多少年清清楚楚的看懂，但本少爺偏就看不懂、看得發膩」的殊異狀況。

這麼弔詭的閱讀現象，是否就完全模糊掉小說的好壞標準？卻也不。

這評優貶劣的第一道門檻，仍在小說作者的書案前。作者通過自己的文學創作觀，自覺明白的交代了一則故事，完稿後，自己也看得懂，若「自我感覺良好」，更佳。

以作者自訂的「品質管制標準」，送出門的作品，與少年讀者相會；與少年的師長和專家、學者見面，儘管還有人「迷迷糊糊的看不懂」，相信也不至於「一片撻伐」。這裡的所謂「好與壞」，更多的是閱讀主觀上的「喜好與厭惡」問題。

少年小說作家的行事、為人風格，如同小說題材那麼多樣，有人對於任何泛讀者（少年兒童讀者、評論者、研究學者和親子讀書會會員等等）的讀後心得或評論都求之若渴，恭謹領受並引為鼓勵或藉此自惕。

有些少年小說作家，儘管也接收這些讀者們的回饋訊息；但並不回應。他們認為一部作品的完成，是文本與個別讀者交會才能真正完成，單一文本可以和個別讀者做多重的完成。是謗是譽；有感或無感，作者都無需置喙。

再有一型少年小說作家，比我行我素更具風格，他根本對讀者意見不聞不問。認為讀者既能對一部少年小說作品表示個別意見，並希望獲得尊重，相對的，可能也要尊重作家的「對待讀者」風格。

但不論作家、作品與讀者的互動如何，身為一名少年小說作家，最不能滿不在乎的是：在創作小說之前和之中，對少年讀者概約接受力的估量；不論這估量多麼浮動，總還有一個估量，這如同臆想釣苦花魚的人，既然如此中意苦花魚，必然要選定某條河流的某處河域試竿，至於釣得了多少？釣不釣得到？他仍得有所設定。

小說之上既然冠上少年之名，這文類的訴求對象是清晰的，少年小說作家便不存在「我不在乎什麼樣的讀者看它」的發言權。秉持這個對訴求讀者的尊重，或許一部少年小說在評斷「好與不好」之前，發生「寫得迷迷糊糊，讓人看不懂」的可能性，總不會太高。

有人說：「閱讀是創作的必備糧食之一」，我們和孩子正學習創作，請問該如何挑選好書來閱讀？（一九九七毛毛蟲故事教室）

李潼：肯費心為自己和少年兒童挑選、推薦好書的家長和教師們，本身也必然是一部值得大力推薦的好書。

這些喜愛閱讀並積極擴大「好書認識」、進一步還要分享美好閱讀經驗的師長，該是眉目清朗、行事智慧、風采高雅、談吐的機鋒與幽默兼具。這宛如一部好書的愛書人，仍不乏有人「看不懂」，又「有意見」。

因此，從「人是一部好書」的遭遇，我們知道，任何一部被推薦的平面媒體好書，在與讀者見面時也存在著識趣、合適及選擇的基本問題，這裡需要程度（或某種頻率）、機緣和時間配合，才能碰觸閱讀的火花。

為少年兒童挑選及推薦好書，一般簡便的訊息管道來自報章雜誌的書評、導讀及好書大家讀評選、獲獎作品，比如《中國時報》週四開卷版童書公園的每週金書榜、《聯合報》讀書人版每月最末週一刊出的本月最佳童書、《國語日報》週日兒童文學版的書評、《民生報》週六、日少年兒童版的導讀、行政院文化建設委員會主辦的每年三季「好書大家讀」評選（入選作品基本資料及短評在《幼獅少年》、《國語日報》和《民生報》及《文訊》月刊刊出），以及中華民國兒童文學學會會訊、臺東師範學院兒童文學研究所每年春夏之交舉辦的兒童文學研討論文，另外曾獲國內外各種少年兒童文學獎的作品。這些大眾或小眾的訊息，只要花一點點功夫，都不難取得。

經過若干兒童少年文學專家選拔出來的作品，包含文學類、知識類，又細分翻譯、創作及小說、童話、散文、詩歌、圖畫故事……可說應有盡有，足供參考。

但限於閱讀量或經濟能力，我們很難照單全收。事實上，再考慮少年兒童個別性向的「識趣」、階段性的「合適」以及重複閱讀、有效時間和選擇的自主性，更不必照單全收。

包括其它的口頭推薦，都是僅供參考。這參考的好書訊息，收納與割捨之間，才是問題的真正所在，也就是除了訊息的找尋，我們如何培養自己和孩子認識及選擇好書的能力，而不只是訊息管道的通暢。

一、創造閱讀的機會與氛圍。

師長在為少年、兒童推薦好書的同時或之前，認清孩子閱讀習慣的培養，如同其它的學習成長，師長最能使力的便是創造機會與型塑閱讀氛圍。一本書靜靜擺在某處，若無人閱讀，不過只是一疊印了字的紙；一本書透過第三力量以有趣、實用、怡情、時潮、養性或廣博的各種誘因所形成的讀前魅力，需要一種自然而然的氛圍，才能進一步造成「不讀可惜」的驅動力。傳統靜態書與影音出版品相較，未具「你不看、不聽也難」的宿命弱點，因此，在家庭、學校或親子讀書會，若有足夠的讀書人型塑讀書氛圍，是展卷的一大助力。

二、揣測少年兒童的認知程度。

不論經由何種訊息通路而向孩子推薦好書，終必回歸他們的認知程度及接受度。這裡容有刻意引導的「提升閱讀能力」及適齡的「符合閱讀能力」作品，師長不妨盡可能做「接近事實」的估測，才不至造成「硬式拉拔」的壞了閱讀胃口；或引起「瞧不起人」的想法，拒絕閱讀幼稚作品。避免造成這種尷尬局面的最佳前提是：多和少年、兒童接近，並先行閱讀這本推薦的好書。

三、認識閱讀的終極關懷。

無目的之閱讀和有期待的閱讀是兩種境界，閱讀過程和結果往往是不同的情懷。不論少年兒童讀物屬於知識類或文學類，閱讀一本好書的完整過程，總希望能帶來獲取新知的充實和感同身受的愉悅；發現感性和知性的出口；深受撼動的心靈淨化，尤其心神潛入曲折多變的文學類作品中，但願能見到對「真誠的堅持與推崇，善良的疼惜與延續，美感的創造和分享」，讓我們「高品質」且勇敢的生活下去。

至於文本（或圖）的創意想像、發現新觀點、不流俗題材、生動而美的文字運用、新穎有趣的表述技巧、以及編印裝幀所下的功夫，當然在個別設定的閱讀終極關懷之上，也可以加以考量。

四、廣泛閱讀以自選好書。

世間最公平的事，是每個人都擁有一天二十四小時，只要肯將閱讀時間的優先順位稍稍往前移動，廣泛閱讀的可能性便大增。廣泛閱讀當然有可能讀到不適讀的書，甚至「不忍卒睹」的壞書；但這功夫也並不完全浪費，因為合不合適、好與壞的比較判別，親自見識操作，對自選好書的選擇力也已相對增高。何況，發現遺珠好書的樂趣，在此情況才能發生。

49 我讀過幾篇臺灣省兒童文學獎短篇小說獲獎作品（萬字左右），發現其內容和敘述技巧多屬傳統，主題也脫不了教化意味。我個人較偏好「魔幻寫實主義」風格的作品，這風格的天馬行空、時空錯置，是否較不適合青少年閱讀？難道現代青少年小說沒有閱讀這類作品的能力？（臺南／林培欽）

李潼：寬鬆的界定，《少年噶瑪蘭》可算是魔幻寫實風格的長篇少年小說，從一九九二年九月出版以來，已再版十八刷，實銷三萬多本，以此看來，似乎也受讀者喜歡，尤其是青少年讀者的接受。

「魔幻寫實主義」的名號，直到哥倫比亞的作家馬奎斯，以《百年孤寂》獲得一九八二年諾貝爾文學獎之後，才在全球讀書界叫響開來。事實上，這種「天馬行空」的表述風格早在南美洲風行多時，而在亞洲中國，更是行之有年。看看

《鏡花緣》、《唐人傳奇小說》，我們很輕易便能找到這類「有其實但無其名」的風格。換成口傳故事、口述歷史，即使是現代的家常談話，尤其是「無厘頭」的扯淡閒聊，它們才真「魔幻寫實」得厲害。

愈是「跳躍式思考」的「新新人類」，愈能接受「魔幻寫實」風格的少年小說，他們的閱聽能力可強了。

「魔幻寫實」風格的「天馬行空」，仍然是有韁轡可馭、有跡可循的書寫掌控，它的「時空錯置」，仍有主軸時間和相關範圍的空間為「行動」約束。就像「意識流」風格的小說作品，它「流竄」的意識如電路板，是關聯的、有階段目標和終極目的（即使是多功能）；否則不成了亂流？

魔幻和寫實不是對立的，它們之間必有串結，魔幻的放達虛構或驚奇組合，無論如何弔詭迷幻，它的線頭仍牽繫在最切實人間的思維和作為。事實上，魔幻和寫實也不絕對獨立的存在。

你偏好「魔幻寫實」風格小說，也有心在此創作，不妨多就閱讀、生活、交談，尤其聽老人的回憶往事，多多發現其中的「眉角」，那是非常有趣的經驗；即使沒獲得寫作素材，但那種閱聽者寬幅開放的組織空間及互動機會，真是有趣且過癮。

「魔幻寫實」少年小說在華文兒童文學界不是那麼多，這風格放在童話創作卻已是基本特色。假若，曾有此類少年小說作品，未受若干兒童文學獎青睞，不必懷疑青少年讀者對它們的接受力，值得檢討的是你對這種表述技巧的純熟度，以及在技巧之上的故事本體、主體關切和它的密合度。該次評審團隊的評委個別文學觀、創作觀、喜好取向或拔擢制度、賞析共識，當然也會影響評審結果，畢竟這只是「該次」評審結果，一旦更換評審集團，評審結果也自然改變。

因此，對該文學獎儘管抱持「寬容的懷疑」、「某種程度的信任」，也不必歸納它的所謂傳統，更不必疑慮青少年讀者對「魔幻寫實」風格的閱讀力。

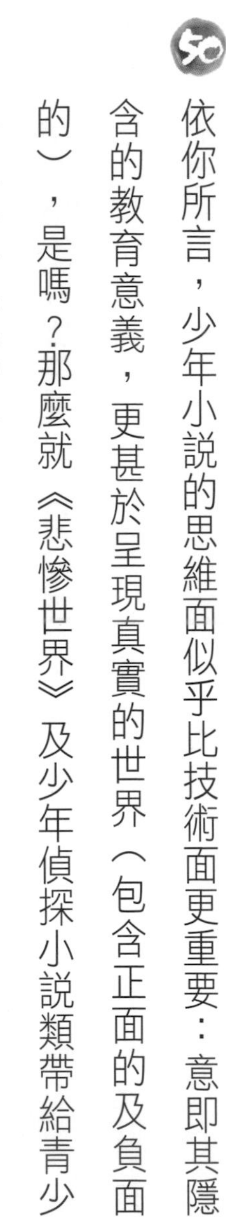

50

依你所言，少年小說的思維面似乎比技術面更重要：意即其隱含的教育意義，更甚於呈現真實的世界（包含正面的及負面的），是嗎？那麼就《悲慘世界》及少年偵探小說類帶給青少年的價值又在哪裡？（一九九八年《國語日報》兒童文學寫作夏令營）

李潼：不論少年小說的創作、閱讀或評論，一部作品的思維方式、情感表達和呈現的技法都是重要的，其中一項的缺漏，都足以造成作品的遺憾（當然還可以細細剔理出其它的必要項目）。

所謂理性思維或情感運作，也未必等同於「教育意義」，它們是一部作品的血肉（相對是技法結構的骨架）。

不論你理解的《悲慘世界》是否為若干朋友認知的「真實世界」；不論你理解的少年偵探小說類是否指涉為凶殺、殘酷、狡詐、推理的「間諜對間諜」，它們存在的價值，不以「教育意義」的「思維面」作為評斷基礎（優秀的少年偵探小說未必以凶殺為情節主軸的悲慘世界；它們未必同類）。少年小說中可能呈現的悲慘世界，及各種情節主題的少年偵探小說，當然也有它們的閱讀價值。

我樂意在任何兒童文學創作研習會上，尤其是一至三小時不等卻同樣短暫的「少年小說創作」課程上，強調創作思維，在創作人的理性思辨和情感觸發多費口舌，也不表示對小說技法結構的輕忽，或有孰輕孰重的暗示。主要是基於多數有意寫作的朋友，往往過於著重「寫作的技術面」——一種理論先行的制約。我在「思維面」的多量提醒及列舉，無非是「均衡」的想法。

少年小說的「寫作技術」，固然存在開創的可能，它的難度，對資深的小說作家依然有挑戰空間，對初識門道的寫作人更是「既興奮又怕受傷害」；但假若同為習作的文友要我對少年小說創作的進階提供意見，我仍然願意將「人生的種種理解與感受」，推薦為必修功課，提醒大家在此關注。

小說中可能隱含的義理，非但不排擠「真實的世界」，它以「真實的世界」為載體，小說家擔心的是這義理寫成了隱而不見或浮而太明，這分寸困難而有趣，是小說家對創作樂此不疲的主因之一。至於小說呈現的真實世界，是經過拆卸、組構、強調和選擇的世界，基本上也是由非技術面的創作思維來導引。

少年小說家當然有權以《悲慘世界》的題材，或選擇少年偵探小說的型類去寫作。就以殘酷、驚悚來說，它顯現的世界陰暗面，無非也是反襯溫暖與祥和這光明面的值得企盼追尋、把握與創造，這該是它的價值所在。文學家若肯以時代的良知、社會的良心自許，他就不會為悲慘世界歌頌，為殘酷、驚悚而叫好，尤其是人生的信心亟待增強的少年，我們如何能讓他們在小說中將他們嚇大，讓他們活成一個畏縮而冷血的人？

51 〈帶爺爺回家〉這篇小說，無論題材和技法都像成人閱讀的現代小說，請問作者怎麼認定它是一篇少年小說？（南投溪頭／臺灣省兒童文學獎少年小說得獎人座談會）

李潼：小說題材和寫作技巧只是界定少年小說或少年小說的參考條件，連同小說作品是否以少年為主角，都不是界定的必要因素。至於以「大人也可以閱讀的作品」來排擠「適合少年閱讀」的少年小說作品，更是說遠了。

界定少年小說的關鍵點在於：是否以少年認知和少年情懷來鋪陳他們感興趣或應當知道的題材，其中的文字運用和表述技巧也能夠被他們所接受。

這種種判斷，取決於作者的客觀體察和主觀認知，作品發表後的少年讀者反應，則是重要的參考驗證。之所以只能作為「參考」驗證，是因為少年的閱讀能力存在著難以一致的落差，如同作者的揣摩判斷，只能是「模糊式的清晰」。

〈帶爺爺回家〉篇名的第一個字，已經表明了孩子氣或十足的少年味。小夏才幾歲？他有多少出遠門經驗？他憑什麼「帶」爺爺飄洋過海回故鄉老家？頂多只能憑爸媽詳細記載的行程備忘錄，「陪」爺爺回家吧。

但是自認長得夠健壯、夠大的少年小夏，偏要說「帶」爺爺回家。他憑的就是「未來的世界是我們的」、「志向遠大的年輕人」，以及類似三歲小娃「帶」爸媽去看他的祕密基地、「帶」阿姨去看五彩煙火、「帶」叔叔去超級市場採購，這種「我比你們清楚得多」的令人莞爾的自信。

〈帶爺爺回家〉以少年小夏的「我」為敘述觀點，他在期待、失望、生氣、疑惑、逞勇、謹慎、負責又擔心、畏怯的種種心情中，「有點清楚又不會太清楚」的目睹了國共內戰造成的一幕人倫悲劇；「有點感受又不會太深沉」的體會鬆鬆又緊緊的人事糾葛。

他和安徽堂妹荷妍，分飾兩方主角，作為戰後第三代的「新新人類」，在他們的成長生命只能容納漢堡、炸雞、可口可樂、動畫和太平年代的各種好處？以及在停電時，令他們詛咒惱火的「大災難」？

父祖輩在戰亂時代的悲歡離合，甚至家破人亡，難道不必是「新新人類」看一眼、想一下的間接經驗？因為有人膽敢肯定「那樣的時代已經一去不復返」？戰亂的歷史是不會重演的嗎？

「臺灣奶奶」在桃園機場交代小夏如何回拒安徽老家親人的挽留，小夏回答的「不可能」，居然是「我的暑假作業一篇都還沒寫，我怎麼會留在安徽」。這是道地的「少年情懷」，有些「無厘頭」式的直線反應（不過這也不可笑，我們不乏見過大人以「我要去做頭髮」婉拒邀約、以「害怕摔飛機」停止旅遊計畫、還有臨終老人「惦記骨灰罈樣式」而彌留七天），這種以少年認知和少年情懷的鋪陳，在〈帶爺爺回家〉文本，始終貫結。

有人擔心，隱伏在小說情節中的題旨「嚴肅、龐大」，尤其需要相關知識配合導讀的小說讀本，少年怎會感興趣？怎能讀得懂？

這個擔憂可被理解。

少年小說作為一種文學藝術體例，它和其它「藝術夥伴」的戲劇、音樂、舞蹈、電影、美術一樣，在表現手法和內容（含題旨）上涵容熱鬧和門道的作品，才可能同時滿足通俗大眾和菁英讀者的閱讀需求，也就是少年小說無論取材何處，題旨的表彰何在，它「體察少年讀者」而選定的「說故事的方法」，是通達曉暢、曲折繁複或新穎陌生，都得鮮活生動，讓人讀來興味盎然才行；否則，再切身的題材、再耳熟能詳的題旨，也未必能被察見與接受。

少年小說作為一種「尷尬年齡小說」，主題和素材的選取卻也把握上下自如的優勢，上可直達死生問題；下可回展純真年代，只要找對了少年的視角；找對了「說故事的方法」，少年小說的格局便可形塑。

至於一篇少年小說隱伏的「嚴肅、龐大」的題旨——類似於門道的東西，肯定有些少年讀者不懂，即使成人讀者也未必人人能懂；但只要這篇小說具備了基本的熱鬧（不完全是喧譁逗趣），它被「努力去懂」和「反芻領悟」的機會也就存在了。

〈帶爺爺回家〉是一篇可讓許多成人讀者切身感受，也適合少年閱讀的少年小說。

52 請以《少年噶瑪蘭》為例，歷史小說、科幻小說和少年小說如何密切的結合？（臺南／張清榮）

李潼：以我這樣一個少年小說創作人，我在蒐集題材、構思情節的任何時刻，幾乎不會想到我寫的會是歷史、科幻、冒險、偵探、校園、家庭、生活、友情、親情、愛情什麼歸類的小說，說它「幾乎」，是因為甚至刻意不去想它們，這刻意便存在了某種意識。

我真正在乎的是：如何保存這蒐集與構思中的感動與熱愛，並在情節鋪排中加以調控，寫成一部讓讀者也能感動和熱愛的作品。

《少年噶瑪蘭》的「歷史、科幻」色彩，基本上是出版界和學界的朋友為它安上去的，這當然有他們的「學理規則」，有他們的必要理由，只要不太離譜，作者也沒太大意見。好比有人稱喚我的兒子為「帥哥」、「搗蛋」、「小跟班」，雖不完全寫實；但只要不說他們是「美女」、「草莓族」，為父的通常也不辯解。

《少年噶瑪蘭》出版後，我應讀者、研習會學員或研究學者之間，曾用「歷史」、「科幻」、「魔幻寫實」來談論它，不過也只是一種交談的方便，畢竟，作家不為附和學理而創作，有的只是巧合。《少年噶瑪蘭》所創造的文體，就方便性的藉用歷史與科幻來說吧，題材（主題與素材）和情節之外，我在表述技巧上的寫作情境自我要求：希望自己寫得痛快，讀者也能看得愉悅，這個預設情境，細微且要緊，它對作品的抽象氣韻和具體呈現影響至深至大，稍具寫作經驗的文友當能體會；而學界的朋友較少碰觸到這境地，就像練功運氣者所說的「打通任督二脈」，旁觀者常不解，甚至不禁失笑。

「寫個痛快」的其中一項是：不重複自己、不抄襲別人的說一個好故事。「噶瑪蘭人興衰史」的切入時間選在一八〇〇年，而不選在吳沙入蘭的一七九六年或他去世的一七九八年，因這世紀初，「文武兼備」移墾的據守成敗已見端倪，累積五年的情勢消長有諸多事例可回顧與預測，這是噶瑪蘭人和漢人新移民「新時代」的開始。

以噶瑪蘭族為敘述主體的情節，他們的族群衰退與現世的樂天知命是衝突撐張的重點，若他們能預測未來命運，表示有深刻的省思和選擇力量，未來演變的衰退也就削弱了說服力。因此，我構思由遠年之後的「局外人」，一位二十世紀末的族裔少年擔任「預言先知」（其實也不過是後知後覺者）潘新格，擔任啟動張力的軸心和現在少年讀者的「投射體」，他的現代氣息可拉進一般讀者對平埔族噶瑪蘭人與事的親切感，讓古今的通路曲折而緊密銜接起來。

一八〇〇年和一九九一年兩條主軸時間線所帶引的事件，有秩序的在本文前十章交叉、呼應，「夢與現實」相滲透，這種再清楚不過的「編織手法」，到了十一章之後有了變化，大篇幅的鎖定在噶瑪蘭人重要社集的加禮遠社，再運用「跳針手法」讓「一九九一年」出現幾次，輕喚讀者的「現代意識」。

值得一提的是：《少年噶瑪蘭》第二十一章的「終曲」，在我撰寫第八章「告訴我今日是何日」之後，便已完成；原稿上的書寫，正如編排印刷的古今上下對照排列。也就是，小說的結局和它的敘述結構，一開始便已完整設定（至於這本書上的兩篇序文，則是出版社的編輯同仁用心書寫，也是極少數我沒為自己的小說寫序的特例）。

歷史和科幻色彩在《少年噶瑪蘭》一書的運用，其實並沒有創作實務的學理可依循，即使有這類論著，我也不鼓勵自己參酌。我以書寫和閱讀的痛快和愉悅，引導情節去「順理成章」，其中的微妙綰合，這箇短問答恐難列舉，有心的讀者自行翻查本文，自然可領會；因它的「編織手法」並不太複雜。我願意強調的是「創作意識」，也就是發軔，統領它們並行不悖的一些思維。

《少年噶瑪蘭》以省視代替批判、以現代呼喚古代、以美感包裹慘烈、以詼諧均衡正經的思維和技法，在歷史與科幻的結合上也發揮了一定的作用。

這些超越一般讀者的「深度閱讀」，理論學者在進一步的研究方法中，萬萬莫疏忽了與歸納學理之上的「創作思維」，它的抽象且具體、飄忽且實在，幾乎是文本之魂、研究之母。

53 對於童話有所謂的改寫——濃縮、刪節、延伸或逆反顛覆等等「再創作」；對於少年小說也可行？（花蓮／游鎮維）

李潼：基於「寫作自由」的尊重，當然沒有什麼寫作方法不可行。

童話的發展比少年小說更早許久，尤其在西洋累積了不少作品，也推舉出若干「經典作品」。一般的「童話改寫」大多取用這些「經典素材」加以濃縮、刪節、延伸或逆反顛覆，另有寓言如《龜兔賽跑》、民間故事如《虎姑婆》，也常見「改寫」，甚至成為熱門的「故事接龍」母題。

少年小說的「改寫」，因篇幅較長、經典作品較少，大多出現在「翻譯兼改寫」的狀況，而這種「改寫」在「翻譯技術和方便性」的考慮較多，它和「有備而來」的「改寫」不太相同。至於近代華文少年小說作品，除了作者本身加以增刪，很少看到這類刻意的「改寫」。聽說《天鷹翱翔》曾有人多量摘錄內容，加以「改寫」成為另一部作品，我迄今不確定這位同行是誰，當然也沒被知會及見過這種「改寫」過的作品，我感到好奇、怪異，而且覺得它少了對「智慧的尊重」。

不論採用何種方式「改寫」，甚至使用「再創作」的名號，畢竟仍不是「原汁原味的創作」。儘管我自己也曾「改寫」過《虎姑婆》，「改寫」過全本的《鏡花緣》、《儒林外史》（一九八八年交稿），總覺得只是「再加工」、「再製作」，不敢說它們是「再創作」。

比起「無中生有」的少年小說創作，「改寫」在許多寫作環節所下的功夫，的確不遑多讓，尤其涉及「逆反顛覆」，這裡的用心計較已有創作色彩；但既然有此功夫、有此色彩，這些樂以「改寫」的朋友，不妨再加把勁，激發潛在創意，鼓舞自己向「無所依恃的境地」走去（「改寫」畢竟有所本，有所依恃）。

我認識一位在住家門口懸掛「專門修改衣褲」看板的婦人，她有若干從業感言：「修改衣服非常麻煩，要保持原來樣式，拆線不能傷布，對！比起新布設計裁縫的衣服，至少多了一道拆線」、「我實在想不通，有人拿衣服來大修，算算工錢，新買一件還划算些；但她偏要」。

這位婦人大半輩子從事拆線、車縫的修改工作，憑她的見識經驗，哪一款的衣褲沒見過？可惜她基於種種原因，沒做過設計款式、剪裁新布的工作。

那些不惜工本要求為舊衣大修的客戶，也許太喜歡那塊衣料或某種感情因素、紀念價值，才讓舊時衣裳大大改動以符走樣的新身材，或強人所難的在舊剪裁變換出新款式。

服裝設計師比起「專門修改衣褲」的婦人，都有他們的「市場需要」，而服裝設計師獲得的推崇，在於他的「想人之不敢想」；在於對人類服裝史的注入活力及長遠影響。少年小說「創作」，亦如是。

54 為考慮少年讀者閱讀時間及耐性，少年小說的字數是否應有限制？（臺北／王淑芬）

李潼：少年小說作品因字數有極短篇、短篇、中短篇、中篇、長篇和極長篇各種不同規模的分別，這裡已提供少年讀者多種的選讀機會，也就是不同「閱讀時間和耐性」的少年，以小說篇幅而言，都能各取所需。

小說家在作品篇幅上的自我設限或擴充，主因在於題材的規模，其次是「身不由己」的報刊雜誌發表園地特性和出版社的要求。

臺灣的兒童報刊，一般較歡迎六百字到二千字左右的作品，尤其是每週一版或兩版的「少年兒童版」，幾乎不可能接受超過五千字的少年小說；少年兒童雜誌的尺度稍寬，但萬字以上的作品，也得審慎評估。這裡的限制，基本上的考量在於「版面的先天格局」，讀者的時間和耐性並非關鍵因素，否則中長篇少年小說連載不就「投寄無門」？中長篇少年小說的出版不就「跌停板」？

一九九六年復刊的上海《巨人》雜誌，接受兩萬字的中短篇一次刊完，中國大陸少兒出版社出版的二十萬字一冊的少年小說並不罕見，這和「少年的閱讀時間及耐性」的關係又顯示出什麼訊息？

在「資訊爆炸」的社會，人們（當然包括少年）的閱聽選擇豐富了，可能造成「不急派」的人「反正什麼時候都有，不急在一時」的「不忮不求」；讓「心急派」的人疲於奔命而「形容憔悴」；「淺嘗輒止派」的人「輕薄短小」的東聽一點、西看一點，敷衍兩下的以求「跟上時代」即可。

不過，不論文盲普及、資訊貧瘠的時代，或教育普及、閱聽選擇豐富的時代，依然有一群人是「厚重長大」文學作品的「忠實派」，最堅貞的擁護者，他們無視作品的篇幅，但求精采動人，甚至將大部頭的文學作品視為一種痛快的閱讀挑戰。比方有線電視多達六十多臺後，有人以按跳選臺遙控器為最佳娛樂，但偏有一類觀眾只鎖定那麼幾臺的幾個節目收看。

少年小說家面對「少年讀者閱讀時間及耐性」削減的疑慮，真正的紓解之道在於：

• 適切的掌握題材、形式、意境與篇幅大小長短的「合身」。避免短篇小說題材寫成中篇規格，有摻水或拖沓之弊；莫將中長篇小說題材濃縮為短篇作品，少了肌理只剩梗概。不同的小說篇幅，需要不等量的材料、質感和構思，它們的緊縮和擴充，以衣飾來比方，不僅是縮小和放大的問題而已，更像三件式出客服與休閒服的差別，而袖釦、胸針、耳環等配飾，也得適衣適材才好。

• 精采動人的小說情節、栩栩如生的人物刻畫，對讀者的吸引力是跨篇幅，甚至跨年齡、性別、地域或時代的。少年小說家將心思用在這裡，並為「讀書風氣」推波助瀾，破解「少年閱讀時間和耐性」的功力便可大增。

55 初學少年小說寫作，能否找一篇作品來模做？這樣做，值不值得？還是直接創作，才不致成為剽竊者？（臺中／廖健雅）

李潼：源自於一種傳統的、「正規」的想法：初學的文學創作人，如同幼兒學步，必然顛晃移走，舉手投足無不生疏，「不會走路就想跑」，怎不摔得鼻青臉腫？於是，初學的文學創作人最好按部就班的學習，以免傷痕累累。

這種「幼兒學步」的比喻，鮮活生動；但一位更當真的投入文學創作的初學者，他在之前隨興的閱讀體會、不經意口語訓練及種種文字書寫鍛鍊、對其它藝術形式的接觸心得，和對人生種種命題所下的思考功夫，總有些未經歸納、不夠鮮明的基礎存在，他的「文學創作初步」怎是「幼兒學步」可堪比擬？

謙虛之所以是一種美德，除了讓周遭的人感受舒暢，主要是讓自己有個「容納空間還大著」的懷抱。但對於「幼兒學步」的謙語，不必太當真，尤其萬萬不可內化為自己的意識主流，因它對文學創作最寶貴的「創造意識」具有排擠效應、殺傷作用。認定自己是個文學新手，乃至永遠的新人，可矣，「幼兒學步」的引喻失當，偏離事實，姑妄聽之吧。

初學少年小說的寫作人，在考慮抄襲、模倣或創作的同時，還有三個最重要的問題：如何保存我們作為一名文學新手不知疲勞的衝勁？如何記取我們投入這項志業那個最純淨的動機？尤其如何寶惜「對既有作品激賞或不滿、有精采故事要分享、有個新說法要呈現」而生發的創意？

一名文學新人若不具備「衝勁、動機和創意」，其實，他已經老了。我們的建議是：不妨以全新的心態，直接進入創作。既不是文學幼兒，就不必尋找「幼兒學步」般的扶持。就算文字的基本功不扎實、文學技巧生疏；只要創意膽識有個出口，接連幾篇不成熟的習作，又算什麼？

只要「稚嫩習作」不急於公開發表，哪來貽笑大方的顧慮？我們認為，作為「一塊實習麵包」，儘管選料、揉擀、發酵、造型和烘焙的功夫欠佳，但這未嘗拜師學藝的「不知什麼型的作品」，製作人憑著「外行經驗」和「想當然耳」的創意膽識，終於將它拉出烤箱，這種滋味和另類營養，多讓人振奮且長進！

若初學少年小說的寫作人，因個性溫文儒雅或「從小被嚇大」的緣故，非要經過模倣或抄襲的「學步」才能安心舉足，那麼，仍得切記，這只是「階段性學習」，不久的將來必得自己「大步向前行」。

抄襲是一種「自我」意識極低的臨摹、複製，不論整體或局部抄襲，主要作用在於從這臨摹、複製的實際操作，去體會原創者布局、著墨的浮面技術，這是絕對不可再度發表的。這樣的抄襲，也和別處行文的「抄襲自己」、「抄襲別人」語意指涉不同。

模倣則是「有原為本」的神似、轉介，它和學習者吸收、內化並加以生成的創作，層次上是不同的。關鍵在於自我主張的強弱——倣作者有明確的「原本」，有與「原本」比對的清晰脈絡可尋；而創作者儘管也看過「原本」，但經過自我主張的調和，它和諸多的「原本」層疊滲透、再三反芻及繁複的消化過程，個別「原本」的脈絡都已不見，旨趣精神已是新生樣貌。

水墨畫界向來不排斥以臨摹讀圖、倣作練習為學生功課。在臺灣，也曾有兒童文學授課老師鼓勵學生自選一位少兒文學作家的中短篇佳作，探聽作家所用紙筆，牢牢實實抄寫一遍，作為貼近「創作情境」的方法之一。這樣的功課，和研讀作家原稿有異曲同工之妙，效果如何，則未聞報告。

少年小說「模倣」寫作，寫作人必須強化「學習過程」的自覺，另有跳脫的思維存在；否則不僅不值得，而且有創意被無形宰制的危險。

事實上，模倣的層次還有多層不同；但不論模倣筆調、人物、背景、情節安排或主題，模倣者緣自與創作者不盡相同的人生經驗、性格反應、關懷取向和生命解讀，他肯定要為自己留下一些不盡相同的空間，這空間若近似於創作氛圍，這樣的模倣就有些價值了。

56 以歷史上著名人物為背景的小說，對該人物的描寫塑造，能否異於一般的歷史評價？例如將岳飛寫成懦弱又貪功，將秦檜寫成忠心愛國？（高雄／陳啟淦）

李潼：不同政權治理下的海峽兩岸，對於秦始皇、武則天或孔子的褒貶評價，便呈現了陡峭的落差。這種透過國家機器與文化學術界聯手運作的歷史人物月旦，它的階段性政治目的遠勝於學術研究本位；這暫且不論。它們所開放的歷史人物解讀空間，卻是讓人耳目一新的。

少年小說家擁有的歷史解讀權，和普遍的民眾是平等的，差別在於小說家透過書寫展現了更大影響力，相對也擔負了更多的解讀責任；這責任屬於良知的、社會的，乃至於法律的（韓愈的某幾代後裔控告某位作者毀謗其先人的事件，仍餘波蕩漾）。

小說家當然擁有對歷史人物與事件的解讀權；而歷史人物、事件的被解讀，相較於凡夫俗子的被解讀，也是平等的。這裡的作家心態是持平的、無「大小眼」的，是在小說藝術賦予的權力和責任下的一種「平常心」，也就是不預設對著名人物給與謬賞或顛覆；不對於無名人士給予輕慢或肯定，小說家不對知名或不知名人物存在這樣的預設立場。小說家的立場來自「客觀的發現」——儘管絕對的客觀何其困難，作者仍得去追尋。

這「發現」可能來自不同時代的價值落差；來自人性與事功的抗衡；來自新材料的出土，作家從不同的觀點角度照映所得，也是可以「舉證說明」的。絕非為顛覆而逆反；不為圖一時暢快而標新立異，若此，對知名或不知名人士的「平反」，不論貶損或褒獎，都是一種糟蹋，尤其小說家去承攬政治目的、族群恩怨，而藉小說的「虛構」權力，做此平反解讀，小說家的身分不免要褪色。

小說作為一種大眾文學，一種具有社會功能的文字藝術，小說家當然在作品中也保有小我、大我的人生目的。這目的可能和政治、族群乃至個人經驗重疊，可能同步或逆向；但畢竟不在於原初設定的功能、目的，小說家觀照的是更宏觀的、具體而微的人生諸相和人性表徵。

「精忠報國」的岳飛在沙場出生入死，他的勇敢若不包含怯懼，不過也只是「不愛惜自己生命、也不尊重他人生命」的屠夫莽漢，怯懼和勇敢的衝突，便是有血有淚的人性，在小說上也是人物的魅力及動人之處。他直到收受十二道金牌才回轉朝廷，究竟是精忠還是貪功；乃至於他的離母拋妻別子，在人、家、國的價值判斷上，的確有很大的解讀空間。報國與愚忠的界限是微妙的，小說家當然也可以有話要說。

在中國歷史、戲曲、文學和古蹟存在的秦檜夫婦，果真是大奸大惡的一對夫妻？是什麼樣態的「愛國主義」讓他們成為「歷史的罪人」？所謂宋朝正統與元朝正統，又是什麼樣的正統？少年歷史小說作家在此是有主張的，有個以人性為轉軸的文學主張。

57 少年小說的篇幅較長，很少能不眠不休、一氣呵成的完稿；每次停筆後再銜接，總是很傷腦筋，有時竟接不下去。請問有無克服方法？（一九九四年臺中市教師兒童文學研習會）

李潼：就算小說寫作融入生活，成為每日的必修功課、固定習慣、職業工作或生命志業，不過也只是生活的一部分、生命的版圖之一而已。

生活包括多種需要兼顧的現實項目，生命的涵容更多樣，何況生活作息，還有「休閒憩息」這必要的養生時段。寫小說怎能寫到「不眠不休」？

任何工作一旦落到不眠不休，即使僅僅是個盡心耗神的「形容詞」，僅僅是階段性拚搏，也不宜。若長期這種勞心勞力的苦幹實幹，操作到精神渙散、體能耗蝕、肝火虛升，這成果的良窳之外，顯見這人的工作態度有偏差、時間管理不恰當、能力有待加強、情緒調控尚稚嫩，他行走遠路的「馬力」並不看好。研究或寫小說寫到不眠不休，都是一種失控狀態，不是「用功」的常態。

一篇小說的「一氣呵成」，不是一股作氣的千言萬語一次完稿；而是文氣的綿密貫穿、文路的峰迴路轉、情節的有始有終。即使是短篇小說寫作，撰寫過程不免也有喝水、上廁所、接電話、郵差按鈴、午睡的「干擾」停筆。其實這種「暫停」是正常的，一部中長篇少年小說，歷經包括夜眠在內的上百次「暫停」，也屬平常。

克服「暫停」造成銜接困難的方法，至少有：

- 中長篇作品擬定書面題綱，不論文字條例式、圖表式或自己能看懂的神祕符號；短篇作品設有腹稿。
- 確知自己為什麼要寫這篇作品，包括原初的感動和那「有話要說」。
- 掌握情節主線，至少有七分清晰度；對於小說結局，能在構思之初即鎖定，如一個人出門設定好「目的地」，儘管「迷路」、「停步查訪」終究能找到去向、找到去處。
- 避免長時間停筆。
- 寫作功力未具火候，莫做多篇同時進行的寫作計畫。
- 掌握該篇作品基調，尤其暫停章節的情境氛圍。
- 不在思路阻塞或心神體力放盡時暫停；也不在情節高潮收筆，盡可能落在情節跌宕與去向皆清晰的轉折處。

- 避免以「寫作工時」調控進度，而以階段性完稿量為依據，再參酌「收筆落點」，可避免耗時費神的勉強書寫，或運筆如有神的超量趕工。
- 避免養成邊讀資料邊書寫的習慣，盡可能將參考資料吸收消化，即使再次翻查材料也只為「喚醒」。尤其小說創作格外需要「袒露真情」、「說自己的話」，寫作過程仍倚靠資料，心思情感已被束縛，不成流暢。
- 不在完整段落「停筆」，甚至可試用在不完整字句收筆。
- 信任自己的記憶（或努力培養記憶），即使回看前文也不從頭來過。

58 當代少年的流行用語，該否出現於少年小說？（臺北／王淑芬）

李潼：少年小說使用當代少年的流行語，該考慮的是「需不需要」和使用的分寸掌握，而非「能不能」。

青少年的同儕用語，原本是一種私密的辨識語言，作為某種與眾不同、情誼或年齡層歸屬的符碼。這樣的小眾語言系統，絕非當代少年才這麼創新發明，它們如同某些官場用語、學術用語、工商業的行話和農漁民的交易言詞，乃至江湖弟兄的黑話，自古以來就分別存在，並隨世代演化與生成。只不過，拜傳播媒體發達之賜，以及媒體對青少年次文化的重視，這些小眾、私密的用語，眾所周知成為流行。

流行的「時潮」性質，同時也隱藏了容易被「後浪」取代的命運，當然，有些沛然難擋的「時潮」越堤而出，成為一汪明潭、一座從此不流淌的湖泊，畢竟還是少數。多數的流行用語，也是這樣隨歲月流去，只有少數的流行用語能被「語言的山脈或窪地」挽留下來。

少年小說作家收聽了當代少年的流行用語，不妨也預估「酷哥」、「辣妹」、「駭到最高點」、「LKK」、「OBS」、「種草莓」（接吻）、「英英美代子」（臺語「閒來無事」的諧音）、「被你打敗」、「遜斃了」等等日新月異的流行用語個別「存活率」。這預知的評斷標準，至少包含它的精準度、可意會度、普及度和標竿性，再一併和小說情節的需要度及使用頻率做選取考慮。

當代少年流行用語在少年小說使用的需要，決定於「顯示小說背景的時代性」、「顯示小說人物的身分及性格」。不應為使用而使用，使得一部小說作品彷如「當代少年流行用語大全」。

不節制的使用流行用語，如同刻意迴避它們，都不自然、「不寫實」，有違小說的大眾文學性格。

流行用語的使用分寸，可以考慮到敘述或對話不同的使用，多少使用頻率即可傳神，讀者不經注釋能否從字面或前言後語意會，慎重斟酌它的必要性。作家以「這把尺」來量度它的使用分寸，大約也「看得過去」了。

有人顧慮流行用語對文學永恆性的傷害，奉勸作者使用「能免則免」、「不用更好」；但若該部小說的主題、情節夠吸引人，流行用語的使用也合乎需要及分寸把握，估量讀者有一定的探索意念，再想到中外古今文學作品含藏過多少它們當代的流行用語（尤其是舊蘇聯和美國南方的小說作品），或許對流行用語的使用可以釋懷些。

提到「流行用語」的現代感，不免有趣的聯想到學界兩位可愛的朋友：一位喜愛懸掛大耳環的女士和一位迷彩帽不離頭的先生。他們的現代感（還有戰鬥氣息），讓人亮眼（訊息強烈）。亮晶晶、搖來晃去的大耳環與他遲早要褪流行的帽子，畢竟無礙他們的專業品質，人們還是「雖不滿意，但能接受」的「讀你千遍也不厭倦」。

曾有評論家稱許您是「臺灣少年小說第一筆」，又是華文少年小說作家的「四大天王」之一，請問您有何感受？（一九九八年板橋國小教師研習會兒童文學創作坊）

李潼：誠惶誠恐，受之有愧。

那所謂第幾筆，是資深兒童文學作家洪汛濤先生的私人贈字，是他對一位同行晚輩的抬愛鼓勵。禮貌上，這贈字得裱褙起來，藏掛在私人書房為自惕，在我眾多友人中，親眼見過這條幅贈字的朋友絕不超過三人，可見我的惶恐。沒想到洪汛濤先生在《國語日報》兒童文學版寫了一篇有關《再見天人菊》的評論，又將這贈字引為標題，於是讓碰巧看見的朋友也知道了。

儘管是頗具爭議的抬愛，畢竟還是前輩以一生專業的眼力「背書」的好意。

我只能說這第幾筆就算有什麼事實依據，仍是某年某月的階段性「誇飾格」譽詞。自己在少年小說創作上有多少本事，我心中自有一把秤，真要掂掂分量，還得綜合很多專業的評論家和同行文友的意見，尤其是當代的、未來世代的青少年讀者給的評分，才能算數。

「華文少年小說的四大天王」新詞，則是兒童文學評論家許建崑先生在二十世紀末首創。依據他的觀察評鑑另三位「天王」是曹文軒、張之路和沈石溪，這當然也是他以多年的專業眼光為「背書」所做的一種判斷。可是這階段性的「四大天王」名單，隨時可變更，就像別的兒童少年文學評論家，若有意願，也可能另外開列「華文少年小說的八家將」或「華文童話的八仙」。

大家知道，站立在廟側的風、調、雨、順四大天王的形象，實在不怎麼樣，具體作用也沒想像的大。誰到廟裡上香，不都直走正殿向那主神奉敬？四大天王反倒沒事嚇著了孩子，白挨一頓好罵。

事實上，在可見的未來，華文少年小說作家不會也不必是「天王級」的公眾人物，多數時候仍將是隱身幕後以作品示人的一種人。他的身分符碼依附作品而生，在「代有才人出」的不同世代，若不能持續寫出質量皆豐的作品，向來健忘的讀者很快就會表示「有這個人嗎？」，專業的評論家也因「看不上眼」而自然淡忘，至於作家的身分也這麼消褪，遑論「天王」這外附名號。

作家的本分，就是持續寫出既多又好的新作。

身為一名作家，對於作品的逢褒遭貶，有不同反應。我的涵養仍不到「八風吹不動」的境界，雖不至洋洋得意或暴跳如雷，但對好意褒獎絕不會不聞不問，對偏差誤解也不會不予理會。何況，「互動」也是一種基本禮貌，「反應」也是人性化的重要表徵。

若我的神智依然清明，體能保持健壯，文學之心仍舊熾熱的寫作下去，我期待的褒詞是「他是一位創造力旺盛且作品優秀的長青作家」，而最感傷懷的批判，則是這句褒詞的負面語：「只那麼一點本事的過氣寫作人。」

60 少年小說創作有必要考慮文本的性別類型嗎？也就是有少男小說與少女小說分野之必要？（臺北／王淑芬）

李潼：二十世紀末的臺灣，兒童文學學術理論界的研究日趨活絡，也就是從概論逐漸轉型為專題類型的研究。尤其從臺東師範學院兒童文學研究所（今國立臺東大學兒童文學研究所）成立以後，可見的未來，對於兒童文學各文體的專題類型探討，想必將有令人耳目一新的論文可期待。

概論式的「小題大作」，既然無法滿足深入探討的需要，而緊扣某個類型、某個論點的專題研究必然產生。學術研究者孜孜矻矻的努力，很大一部分心力便是用在新課題的發掘、新論點的發現、新材料的出土，在這裡，「小題大作」的研究思維便派上用場。

就以少年小說而言，這些更精細分門別類的做法，基本上還不是發軔自學術研究界，而是更早蓬勃發展的報章雜誌和出版界。這些「生命周期」較短而能見度又高亮的刊物和出版品，為了欄目推陳出新、增加吸引力或方便「類型讀者」索引，因此有了成長小說、啟蒙小說、問題小說、愛情小說、鄉土小說、城市小說、第六感小說、偵探小說、驚悚小說以及少男小說和少女小說等等。在這些類型之下，若為方便研究，當然還可以細分運動小說的陸、海、空多種專題；愛情小說的迷途與正軌、朦朧與禁果、割捨與圓滿；鄉土小說的前鄉土與後鄉土；少女小說的傳統與現代、女性認同與第三性、平權與宿命角色……

儘管刊物出版和理論研究，對少年小說創作者也具有若干發現與導引的影響；但在基本上，絕大多數的刊物出版和理論研究，仍以現有的少年小說文本為欄目、類型的區分基準，也就是創作文本仍得在前先行產生。

少年小說之中對少男小說與少女小說的區分，是一種簡易的類型規畫；若以少年為少年小說的主角或領銜主角群（有時也未必），第三性除外，非少男即為少女。這專題的深化論點，應在於男女性別所造成的傳統角色的再認識，也就是以現代新觀點對這傳統角色的顛覆或闡揚（誰也不能排除這闡揚），現代思潮則是女性主義再三呼籲的男女平權觀念。

少年小說創作者，或許早在理論研究者及刊物出版編輯人之前，已「旗幟鮮明」的表露了「男女平權」意識，甚至更具藝術手法的不以少女為主角而闡揚了這意識。當少女小說被更清晰的標舉出來，少年小說創作者願不願喜獲知音的前往，或為自己的創作主題和素材另開一扇窗口、另闢途徑，只要想清楚而心甘情願，都行。

認識了創作本文與泛讀者（訴求讀者、學者、師長及編輯人）的先後關係，以及之間的互動和把握，少年小說創作者面對任何的少年小說類型分類，只要能有助於創作空間開拓、創作意識增強，無所不可。反之，則免。

61 一位成熟的少年小說作家，如何認定作品的「風格」和創作的「窠臼」？我對「風格」的界定是指創作中不斷出現引人注目的、獨特的表現；而「窠臼」是指作品中反覆出現的模式。（花蓮／游鎮維）

李潼：作品的風格形成，需要持續性的積累，較長時間的觀察才得以鮮明。若以單一作家來看，雖說每一部作品都由他的寫作意識指使完成（原創是寫作意識之一），但在寫作時並不存在強烈的風格意識，否則他便更靠近所謂的窠臼模式，尤其原創力堅韌的作家，創新唯恐不及，何來精神刻意塑造作品風格？

即使作家無意識、不刻意在風格的塑造，卻從他連續的作品依然能察見風格的形成。但這風格的發現者，往往是有心的讀者（包括學術研究者、編者、評論者），他們經由不同作家的作品給予比較、或從這位作家較多的作品分析察見。

若說陷入窠臼模式的作品是「大同小異」，那麼風格獨具的作品則是「大異小同」。

寫作的窠臼容易判別，在於它樂此不疲的自我抄襲，或溫馴乖巧的附和時潮蔚為同流，並在有意和無意中願以此行走自己的寫作生涯。

作品的風格難以洞察，因它居然也包括「創意寫作人百變作品也是一種風格」；而在那「大異」要去尋索「小同」，「小同」總是披沙瀝金的，需要細細篩取的。它可能存藏在語言的夾縫、隱埋在題旨的脈絡、或閃爍在惡質主角的悔改淚光，也可能綻露在弱勢族群的關懷、竄升在悲與喜、至美與至醜的衝撞、出現在疑無路的高妙轉折、或停棲在出人意表的終曲、以及全篇文字組構的韻味。

作品的風格存在變動的「大異」中，有心的讀者還未必能察見，唯有靈慧且有心的讀者才能享受「你們原來在這裡」的驚喜。

以窠臼模式寫成的作品，與以風格別具完成的作品，對一般讀者並不具特殊意義，讀者要求的是「閱讀的樂趣」。願做窠臼或風格分析的是少數的另類讀者，他們具有更深的文學素養，喜歡有條理、更深入的閱讀，在文學作品中尋幽探勝，同時也藉此探索自己的生命，而見人所未見，甚至察作者所未見，他們更開心。

寫作人的創作思維，決定了他作品的內在特質和外在面貌。作品的風格或窠臼，對於一位自覺性稍強的寫作人，具有思考的意義，「說到趣味無爭辯」，但他仍舊得有選擇。他一旦省察到「窠臼中反覆出現的模式」，而且不甘心、不願以此終了寫作生涯，他自我顛覆的思維已萌芽，他將在作品「大異小同」的變動中，自然的建立起風格——一種由「小同」的諸多元素匯集成的「明亮而不刺眼的光輝」。

62 創作少年歷史小說或非現代少年小說，除了從生活細節來呈現它們的時代感，還有其它的方法嗎？（臺北／周姚萍）

李潼：從生活細節來呈現歷史小說的時代感，另外還有文化表徵、當代思維、價值判斷、生命觀照及與它代對比區隔，整體的情境氛圍，乃至印刷、字體、插圖、裝幀都可多加運用。

「生活細節」的依附，大抵是在穿著飾物、食物烹飪、房舍形態、交通器具、教學方式及內容和身心娛樂項目。在小說情節中，適時、適地的將它們的特色勾勒出來，歷史小說的特定時空色彩便浮現了五、六分。

但「生活的細節」必然要和情節保持密切關係，盡可能不讓它們只是個道具、布景，而在主題的烘托上擔負某種任務，歷史小說的時代感會更具真實感。

所謂文化表徵，是同時代多數人生活方式與態度的主流特色。儘管文化傳承或移植，在生活融合後，已難截然畫分；但在宏觀掃描及細微體察時，仍能剔理出它們的殊異之處。

看似抽象思維的價值判斷或生命觀照，其實很快就會落實在具體生活，更容易表現出時代感。比如：

・流離顛沛的移民潮，寧可暫棲狹窄的眷舍、添購竹椅、竹桌、竹床一類簡易家具，誰知就這樣耗過三十年。

・罪犯受刀剮劍割的凌遲，是正當的刑罰。

・沒有皇帝統治的天下，還有倫理道統？

・心中無佛的人，必定不能超脫生死；那些不舉香、不拜祖先的「紅毛教徒」還是人？（相對的，也有某教派堅信不信奉耶和華者，必入地獄）。

・十八世紀的噶瑪蘭人始終想不通，土地怎會是一種商品，可以買賣生財？人是天生地養的，捕獵的食物夠吃便好，何必積囤？多出來的食物應當分享，拿來賺錢實在太慚愧。

・投資股票市場，是正確的「全民理財運動」。將金錢放在銀行孳息的人，若不知幣值日日貶薄，那才是真正的傻瓜！

・已經和那個男士一起去看過兩次電影，若還不嫁給他，以後怎麼做人？

・出外靠朋友，多認識陌生人，不要害羞，不要怕。

小說人物以當時的價值判斷為行動綱領，所演繹的種種事件，在時代感的呈現上，當比「生活細節」更有力。

史蒂芬史匹柏導演的《辛德勒的名單》，特意以黑白影片拍攝，為了什麼？《亂世佳人》以偏藍、偏紅的色調來作影片畫質的基調，不也為了美國南北戰爭的時代感？

報刊或出版社的美術編輯，在歷史（非現代）少年小說作品的時代感呈現上，也有很大的輔助及發揮空間。不過，作為一名少年歷史小說創作人、一個現代人（甚至是領先潮流的時髦人物），在種種「方法」的考量下，當然也不能忘了調整自己的寫作心態，讓自己進入設定的「那個時代」的情境氛圍，若需要在書桌旁做些布置，點放某種音樂，也不好嫌麻煩。

63 能否將中外歷史典故改寫為少年小說？（瑞芳／朱錫林）

李潼：少年小說的大範圍，「改寫」和翻譯、創作都被包含其中，也就是只要能拓展少年閱讀經驗，提供少年更豐富的閱讀選擇的少年小說，都應當受到一定的鼓勵。雖然「自產」的創作，有加以推舉的必要，但缺少了改寫和翻譯（另有改寫式創作、翻譯兼改寫……）也是一種遺憾。

不論中外歷史典故、成語、傳說或「經典文學作品片段」的改寫，都個別以忠實原著的文言翻譯白話、取精髓加工擴充、選用精采事件而改變主題或顛覆結局、保存所有情節而深化意涵……變化非常多樣。任何寫作人在此仍有伸展空間，可以嘗到深淺不等的「類創作」滋味（不等於再創作）。

有心對這些經過漫長時間汰選仍流傳的「中外歷史典故」，進一步改寫的朋友，除了在文字操作、結構組合、敘述技巧留意之外，更應該在選取這些歷史典故的同時，提醒自己：為什麼要選用它？

也就是這些歷史典故是否歷久彌新，具有永恆性的新意？再度讓它們以新面貌問世，能讓現代的少年讀者帶來什麼啟發？其次才考慮它的生動趣味、塵積於冷門的稀有性、以及前述的技術問題。

更值得注意的是：所謂「典故」，既是流傳久遠的古老故事，必定擁有跨世代的眾多讀者，享有一定的能見度，所以「忠實原著的文言翻譯白話」，在「白話文」和「家常大白話」的不同，得特別留神；尤其文言典故的特有情境，別具一格的韻味，仍得有「信、達、雅」的基本要求。

「取精髓加工擴充」為少年小說，多半取「中外歷史典故」的旨意，這典故的旨意既然有跨越各世代的雋永動人，改寫者在旨意的把握便不能鬆手，尤其改寫為時空大異的現代少年小說，在人物刻畫和情節鋪排上加倍小心。至於改寫為古典少年小說，則在場景描繪和人物對話上多加揣摩，以求適得其所。

「選用精采事件而改變主題或顛覆結局」的改寫，這獨立事件固然精采；但主題改變，情節的前因後果也起了異動，這精采事件得密合在整體情節之中，若還是那麼突兀的獨立，不如將它放棄，而讓生成的其它情節自成主體。結局的被顛覆，典故原有的事件在串結為情節時，必然也有不同發展，所以在此改寫的言之成理是「密合」或「硬要」，需先說服自己。

「保存所有情節而深化意涵」的改寫功夫，主要放在人物性格的再強化（心理刻劃是大可著墨的一環），以及情節上的道德心對比、是非判斷、強弱衝突等等鋪陳。這裡的留意重點是：別讓所謂深化的意涵，以口白言明，嘮叨強調，而變成說教。

諸葛亮陪劉備、關羽和張飛，
看望不明飛行物。

少年小說應如何批評？（臺南／張清榮）

李潼：將「批評」轉換為「評論」如何？

「批評」的語意更接近批判，稍不留神容易落入「為批判而批判」的泥淖，或像高舉大刀以「忠義」自期的關老爺。少年小說理論研究，不合適這種「在泥淖中掙扎」或「關老爺舉大刀」的姿態，應以作品論作品，並談及少年小說作家「極具個人色彩」的創作思維。針對某部作品、某位作家進行評論，終極目的不外乎是：

- 希望小說家堅持以往，繼續寫出佳作。
- 希望小說家知所不足，期許更上層樓。
- 希望相關寫作同行引此為標竿或借鑑。
- 希望促發理論同行更豐富的論點及思維。

• 希望增強自我理論建構，為學術本位盡心力。

基本態度是分享見解主張。即使是「恨鐵不成鋼」的針砭，依然是善意的，所以不存在「泥淖」和「關刀」。

將「批評」轉換為「評論」，評理論法的空間便包括對優異的欣賞和低劣的批判，視點可更高拔、態度可更公允，減少了自陷泥淖的慌亂，和「打定主意揮舞大刀」的心浮氣躁。「評論」，好些。

少年小說評論，不論書面論文或口頭講評，總是要「有的放矢」、「有話要說」，才能放得有勁、說得成理。這裡的「靶標」，對象是評論者主動搜尋的狀況，歸入評論者「大系列」研究的範圍時，最可能出現。

相對的在不定期論文發表會、報刊雜誌約稿，經由大會指定或編輯篩選過的評論文本，雖然也能調整「射程」、控制發聲「分貝」，歸入研究系統加以評論；但失去了主動的精神，評論的「偏離焦距」、「敷衍兩句」的危險狀況便容易發生。疏懶的評論者在此可要加倍敬謹、小心發言才好；而用功的評論人得在這種「權宜評論」保持敬業精神外，別遺忘了有系統的評論計畫。

評論者對於少年小說主題、情節、人物、技巧、文字、基調、風格、效應、潛能和乃至意識形態的月旦褒貶，偏向「第一順位閱讀群」的當事作家、相關寫作人和學界同行，當然存在極大的評論壓力；但總比將閱讀對象設定在「所知有限的外行」，鬆懈敷衍（這心態本也不當），來得敬業且自我精進。

評論者限於客觀篇幅、限於個人志趣和能力，或許只能就少年小說作品的某些素質、若干觀照加以切入談論；但只要他能在後顧的、前瞻的或融會的理論基礎，勇於提出個別的新發現，並言之成理，依然能受到諒解與尊重。不過，他在這「有限向量」的切入時，萬萬不可放棄全盤觀照的眼力培養，以及評論作品時，習練作品與評論之間「上下左右進出」的操作——維持客體與主體在一種靈動狀態——減少視角盲點的發生率。這狀態看似抽象微妙，其實用心體會，便可具體明白。

引用他家論點為據的評論，固然被允許；但評論者若大量「借用他人之口說自己的話」，怕是已暗藏「自我消褪」的危機（即使這般「消褪」是以退為進的策略手法，形象也太畏縮）。「第一順位閱讀群」最樂見的評論是「有見解儘管說、有主張論清楚」的坦蕩豪爽，以及容有「反評論」可商榷的大度為懷。

包括創作經驗或體會薄弱的種種因素，我們的少年小說評論（或是賞析、導讀）少見對創作思維的探觸；少見挖掘作家本人亦不察的創作潛意識。所謂「創作經驗」還不僅是創作實務，而是類似男性婦產科醫師在接生過程累積的經驗，儘管他本身未曾躺上產檯；但因用心體會，以專業知識為基礎，有時竟比產婦更能了解「生產症候群」，尤其是已發的、未發的心理波動。

創作思維其實才是主導那些主題、情節、人物、技巧、文字、基調、風格變化的原始動能，也是評論者最能展現功力的所在。

曾有評論者表示擔心「淺白易懂的評論文字，會讓人瞧不起」，於是不得不創新詞、掉書袋，才顯學問、有質量。他的擔心顯然是其來有自，是受到「扭曲迫害」後的結果。事實上，作為一篇文字作品，說理的評論當然可以運用精確流暢的文字，有風格的文字，甚至也是一篇與文學作品相較，在文采上毫不遜色的作品，它們比起扭曲含混、愈看愈胡塗、「原本有點懂但讀過終於不懂」的評論，永遠是可親可讀，是被「明眼人」所接受及敬重。

有人也擔心在注重人情、人際網絡稠密的社會，評論文章宛如在刀山之上走鋼索，讓評論人不敢放手、不敢舉足；這憂慮也是有據可考的，但這憂慮絕不可成為「評論文章不多、評論文章不扎實豐厚」的唯一原因。評論者在無法建立「我為什麼要去冒險」的勇氣，不能培養「我為什麼挑這件事做」的使命之前，他拒絕評論的理由並不健康。

因為並非所有的被評論對象都是不可「理」喻的，只要我們的評論立場超拔、立論明晰、見解立竿見影，它開展的便是讓人心服且口服的光明空間。即使評論作品受到被評人的強力反駁，一位不以「權威專家」自居的評論人，當知道這反駁的發言權必定有受尊重，連同對外開放的「公評」，「我不同意你的見解，但尊重你的發言權」一樣。

在我們推崇做人圓融、相處和諧的社會，卻也將「做學問」的原則套上這樣的標準，於是評論的褒貶有了「四、二、四」、「三、四、二」、「一、八、一」，各種「褒貶褒」的圓融配當、和諧比例。事實上，一位用功、用心的評論者，基於「善意批評」而不能「皆墨」的痛下針砭，或秉持「專業良知」給予「長紅」的推舉？

因為種種因素，歡喜甘願選擇「吃力的」評論，也就不要考慮「討不討好」的問題。應當將心力用在釐清自己的評論理念、建立自己系統性研究的專業能力；這樣的評論者，或許不免與人結下「莫名其妙」的怨，招惹一些「無理取鬧」的回應，但在這項志業的行進過程，肯定也能結交到「聞過則喜」誓不分手的文友，至少也在專業領域留下了讓自己不心虛、不懊惱且引以為傲的作品。何況，這評論工作的選擇，是自己歡喜甘願，無人可勉強的志業。

65 我聽過幾位兒童文學工作者對《再見天人菊》的批評，他們同時提到「那群少年有意黏合破碎的陶瓷筆筒」的安排，「顯得幼稚可笑而不太可能」。身為作者，您怎麼說？（一九九〇年臺北縣教師兒童文學研習營）

李潼：一定要說嗎？

作者既然完成一部作品，而且無意修改，他的創作義務便階段性完成，一切都讓「看倌隨意」。作者固然也有為自己的作品辯駁解釋的權利（相對也有接納受教），但「保持沉默」也是一種選擇。因這種解釋很費神，而且還沒開口已處在「癩痢頭的兒子自己的好」、「禁不起批評」、「喜歡『新衣』的國王」的劣勢地位。

你願給「回應」和「批評」處在平等的位階嗎？同意。

小說人物的刻畫、性格特質、心理活動這些抽象表徵絕對不可忽視，這些抽象表徵當然也可以抽象文字來描述；但總不如以具體的事件呈現來得有力、來得「栩栩如生」。

那群在陶藝教室學藝的少年，有意撮合陶老師和導師（姊姊）的交往。他們當信差，為陶老師送去那只陶瓷筆筒；但少年心性浮動、好玩、好鬧，竟在搶奪觀看中，砸碎了這只傳達愛慕之意的鏤空筆筒！

一件企盼已久的好事（陶老師向來笨拙得不知如何表達愛意），砸在一群少年手裡，小說家如何不落言詮的表現少年們驚懼、埋怨、懊惱？而藉由「有事大家擔」的集體「補陶」行動，進一步表現他們「復原信物」、「完好無缺的企盼」，並以一個象徵性的伏筆，顯示他們對兩位老師無緣成全的遺憾和努力。這樣多情的、純真的、樂見好事的少年心情，「幼稚」得多麼可愛、「可笑」得多麼讓人溫暖。

是什麼樣的「枯老之心」，才會嘲諷這群少年為無知？

「天下不可能有人去黏合破碎的陶瓷？」

我們可敬的考古學家們，不就成天到晚在做這款事？

《再見天人菊》小說背景的澎湖群島，那些從沙地、海灘或海底搜尋到的宋、元時代的甕罐碗盤，能完整面世的幾稀？它們不都是一片一片黏貼綴補成原狀，儘管不能復原如新，但總也包藏著「有心人」一份「完好無缺的企盼」。

誰無知於有人做這款事？這黏合陶瓷的事，已有千年為單位的歷史。余秋雨先生的餘姚老家，還有挨家挨戶攬生意的補碗師父，他們也是幼稚的人做著可笑的事？

作者為作品辯駁解釋的費神，還不完全來自放棄了清閒的「保持沉默」；而是來自面對不經心的批評、缺少文學體味且粗糙的武斷言論，有種細說從頭的口乾舌燥。

作者對自己作品的「強力維護」，敝帚自珍的德行，讓人厭煩；相對的，批評者不用功的高談闊論，批判優劣的樣態，也是讓人遺憾的。而他們都難遮人耳目，難逃公評。

66 古人曾崇尚「文以載道」；針對現今青少年犯罪日益高漲的時刻，少年小說該怎樣切入，較能讓青少年讀得下去，並收教化之功？（臺南／林培欽）

李潼：文學作品擔負載道的教化功能，與它的閱讀趣味並非對立衝突的。「寓教於樂」便是兼容並包的思維，也不乏有成功的例子。

直到二十世紀末的亞洲兒童文學界，仍有熱心人士疾呼兒童文學的「遊戲精神」，以作為與教化意味濃厚的兒童文學作品的抗衡。這也相對顯示，強烈的「文以載道」削弱閱讀樂趣的作品仍舊不少，才需要大聲疾呼的呼籲兒童文學界重視少年兒童天生喜愛的「遊戲精神」。

少年小說作為兒童文學的文類之一，在閱讀樂趣之上，也不可能完全排除勵志教化、理念意識或政治意識。因小說既為「人生顯影」，它的照鑑是全方位的，即使有所選擇，也不是單一取向。這「全方位」也包含文學本位上的主題、素材和說故事的方法。

少年小說閱讀，或許也能對犯罪青少年的治療和防治有些間接的功能，也就是無形的、漸進的、長時間的「效用發揮」；但它的功能發揮，絕不是彷如服用特效藥的「改頭換面」。在「文學功能論」上，它若能達成「有病治病、無病強身」的增強免疫系統能力的作用，已夠好；文學的功能向來就不適合「急功近利」。

只要作家的文學功夫在水平之上，當然也能在保有文學素質的狀況下，以一個精采的、令人動容的故事，將犯罪青少年最切身、也最感興趣而能獲致「教化」的題材呈現出來。

這裡的「切入點」，涵括少年小說表述技巧的合適切入，及對青少年犯罪成因理解上的切入，前者為文學的；後者是社會的。

《青少年白皮書——青少年現況分析》（一九九三年行政院青輔會）的調查研究第一階段報告，是一本對現代青少年思維、作為及犯罪狀況具高度參考價值的著作。不論是否關心「青少年犯罪問題」的寫作人，一旦有心從事少年小說創作，《青少年白皮書》之類的歸納分析，都值得加以了解，都能進一步「知其然也知其所以然」。

作為一名寫作人，當我們看見竊盜和違反麻醉藥品管理條例的犯罪青少年，合占百分之九十以上犯罪比例，寫作人更感興趣的是「為什麼會這樣」。我們的關懷切入點，除了現象，總要切入他們的歸屬感、意志力、責任感、勞逸觀和生命願景，以及家庭、社會、學校的種種影響成因，「直切核心」，才能觀照問題，才能提綱挈領的選取事件，才能爬梳小說情節，才有可能寫出對青少年犯罪矯治或防治有間接作用的作品。

也許有人在面對犯罪青少年的「普通語文能力不佳」、「對圖像影音媒體的興趣遠勝文字媒體」時，不免喪失「著力點」——「最該看這類作品的讀者偏不看」，這文章寫來還有意思？

事實上，最崇尚「文以載道」的作家（這寫作觀理應受到平等尊重），他用心良善藉由少年小說所開的「矯治犯罪處方」，既然是「有病治病，無病強身」

的「健康食品」（不屬「文學醫藥類」，否則太沉重），它的適用範圍便不僅局限「犯罪青少年」，它必可適用犯法之外的犯規、違例等企圖或傾向的青少年閱讀，也可讓「中規中矩」的模範少年兒童增長見識、多了解，防治之外也更有機會加入「維護治安」的任務。

如何界定一部少年小說的「好」或「壞」？（臺中／黃玉蘭）

李潼：少年小說作為文學的一支，它的好與壞始終沒有量化標準；而文學的少年小說也不需要可量化的評斷標準。

儘管在少年小說徵文這種必須判定優劣高下的「競技場」，評分表上訂有「創意、主題呈現、情節安排、人物刻畫、文字運用」不同的百分比，我們仍可發現兩點評選趣味：

• 就算經驗最老道、最敬業的評審委員，終究也會「掙脫百分比的約束」，而以他非常個人化的「主觀中的客觀」所形成的「綜合性評選標準」進行評斷。

• 在決審會議時常出現要求「首獎從缺，增加三名佳作」，或「取消首獎、二獎，作品分優選與佳作兩名」諸如此類的建議。

這兩點評選趣味，除了量化標準的被推翻（原本已夠模糊），也顯示作品的「好」與「壞」之間，存在著相當多「有點好又不是太好」、「有點壞又不會太壞」的高下難辨，尤其在水平相當的綜合觀感上，實在讓人非常為難。

當我們「界定一部少年小說的好或壞」，先得對它的「非量化、非兩極」有所認識，才能容納多方看法，接近公允。

這「多方看法」至少包括：作者、編者、主訴求讀者和評論學者，他們對一部少年小說的好壞觀感，有歧異也有交集，都值得參考。

任何一位稍有經驗的少年小說家，對於自己的作品，該能排除「有始有終寫成的就是好作品」的感情用事。而在完稿後，甚至撰寫過程中，以「是否開拓了自己的寫作題材」、「是否創造了自己的表述形式」、「是否掌握了自己的小說語言」、「是否被自己鋪排的情節感動」的對作品有所評判。這評判以「自己的」創作生涯為基本，進而再比較文友作品，揣測少年讀者和評論者的可能反應，過程複雜而有趣，也具有一定價值。

報刊雜誌出版社的編者，當然也觀看一部作品的題材技巧、語言、人物、情節這些小說評判要素；但會更著重「市場行銷」觀點，揣測現今的讀者接受度，評量它的「好」「壞」。

少年讀者的反應則更直接：能看得下去的喜歡就是好的，反之則是壞的。這裡的「看得下去」，加進了個別差異，評量標準非常浮動，大約是題材的新奇（與背景年代無關）、情節曲折但交代清晰、表述技巧有點複雜又不太複雜（太平鋪直述也讓人不來勁）、好笑、感人、整體的調子合拍，這些「堅定的閱讀偏愛」。

學者專家雖然也會顧及以上「多方看法」為評優貶劣標準，他無可避免的又要依憑「文學論」、「小說論」對作品的主題、宏觀的時代意義、隱伏的象徵和反諷、作品的當代價值、在少年小說史的地位、以及個人揣摩的「適不適合少年閱讀」，一併下去評判。

因此，一部少年小說的「好」與「壞」，只能選擇幾個觀點或從幾個角度去審視；我們還沒見過「整體而言」還能周延公正的評判。

68

有心從事少年小說創作的人，對於相關的學術研究理論，應該抱持什麼樣的看法？（花蓮師院語教系八一年班藝文夜譚）

李潼：這問題似乎還隱含另一個好問題：兒童文學研究理論是絕對可信？理論對

於創作是絕對必要的嗎？

對於任何理論的說法，「盡信書，不如無書」的格言，老早已做過提醒，懷疑的態度、敏銳的眼光和另有主張的辯駁，那更是我們所樂見，因為這裡必然要下過很大的功夫，才提得出來，否則不成了胡鬧的抬槓？

「可以尊重專業，不必崇拜權威」，讀書界的有識之士再三闡揚過這種理念（這理念同樣可經過辯論而推翻或相信）。在少年小說的理論研究上，對於功夫扎實、治學嚴謹的專業，我們尤要尊重；至於容易造成迷信的權威，尤其虛張聲勢、身段萬千卻缺乏見識主張的權威，過目即忘就可以了，何來崇拜？

少年小說創作人，能把握機會研讀學者精心歸納解析的少年小說理論，當然好。這裡的精心，相對於粗疏、草率的治絲益棼，它呈現的是全盤觀照的態度、條理分明的表述和落實的創見發明，稍有眼力的創作人當可辨認。

事實上，中外的少年小說理論，因為地域、時代和學者治學的種種狀況，我們很難找到讓創作人完全滿足的「聖經寶典」；即使只是一篇特定課題、兩萬字不到的研究論文，能有一個論點、三兩個讓創作人感到受用的發現，已經很好了。

從中國文學史或西洋文學史來看，我們知道，所有理論研究都在文學作品發達到一定程度才出現的。從這裡帶出一個趣味的靈感，所有少年小說創作人，不妨也在埋頭寫了一定程度的作品後，再回頭來參閱理論研究，並與自己從創作實務體會的「條理」相對應，去取長補短、疏通有無。

創作人與理論的接觸程序，應當是先創作，讀理論；再創作，再讀理論。創作摸索在先的好處是：更容易明白理論所言何在，及不被理論框限的免疫力增強。

多數創作人可能不是才情高拔、創意十足，能帶領理論的才子才女；而凡常的創作人依然要認識清楚學者爬梳的理論最大功能是在輔助創作，就算有所警醒作用，目的也不在框限創作人，學者與創作人的對應位階是互為師友。就像創作人提供作品，讓讀者在閱讀的樂趣中更有滋味的反芻生活、體驗生活；創作人的寫作題材來自包括讀者在內的大眾，創作人與讀者的對應位階也是互為師友。

我們見過太多有心從事文學創作的朋友，過早接觸理論而「眼高手低」的縛手綁腳；而精讀各家理論卻遲未創作的人，竟喪失了創作力。這該不是理論威力懾人，主要是他「既尊重專業，又崇拜權威」的態度，框限了自己，終至喪失自我。

69 少年小說應如何挑戰電子媒體的吸引力？少年小說能和電子媒體結合，創造文學的另一個春天？（臺中／洪志明）

李潼：對抗或消滅的觀念，在多元化的開放社會已是一種不合時宜的觀念。包括政治黨派、商業集團、工業團隊在內的社會組合，都早有「合縱、連橫」動作及若干「雙贏」實績。少年小說的文圖媒體在面對電子媒體「致命的吸引力」挑戰時，也不必浮現「對抗或消滅」的想法，我們該處心積慮的反而是如何創造「雙贏」的策略及作為。

就以同為電子媒體的電影和錄影帶來看。家庭錄影帶推出不久，電影不也曾被打得落花流水，害得電影業者感受眾叛親離，電影院一家家倒閉歇業；但電影業者很快從「對抗與消滅」的思維陷阱跳出來，以「雙贏」的策略提升影片品質、整修戲院設備、加強聲光效果，繼續拍攝《鐵達尼號》、《侏儸紀公園》、《龍捲風》、《美夢成真》一類唯有在電影院才能充分享受的影片，同時在錄影帶的發行技術再加調控；因此，不僅重獲生存空間，又有大展鴻圖的局面。

少年小說必然能和各種電子媒體結合，不論電影、電視劇、動畫片或「有聲書」的錄音帶，少年小說和它們都存在互通有無、相輔相成的空間。這種結合的趨勢已成形，將有可能蔚為時潮。

在少年小說和電子媒體結合的任何時期，少年小說作家仍可堅持作品的文學性，以它特有的形式去完成。至於「少年小說改編劇本」或「少年小說原著劇本」，那是另一種形式，另一種文學藝術氛圍，即使配合聲光效果做了若干改變，並不存在「損害原著」的問題，反而更可創造對照閱聽的機會，讓「原著精神常在人心」。

少年小說作家若期盼有這樣一種春天的來臨，在文字創作之外，必然得對種種電子媒體的運作方式、特質、系統環節、它們的局限及開創可能多加了解。這種「知己知彼」的功夫，也是良好的「合作態度」；何況這探索了解的過程，對文字創作本身也有助益。

 少年小說的主角一定是少年嗎？（高雄／吳燈山）

李潼：多數的少年小說樂意選定少年為主角人物，主要在於同年、同儕的親切感，容易讓讀者將心比心，取得認同感，引發對情節的興趣和對主題的共鳴。

要是有些「非少年」或「少年大」，能在塑造中達成這種親切、認同、興趣和共鳴，讓主要讀者群感同身受，有何不可？

《頭城狂人》以一位八十高齡失蹤的老作家為主；《魔弦吉他族》以一群資深或資淺的男女小偷為主角；《無言的戰士——林旺與我》以木柵動物園的大象為貫穿整個情節的靈魂人物，他們有情、有義、有趣的或令人慨歎的表現，說是主角人物也是稱職的。

71 《創世紀》那幅畫，上帝與亞當的指端觸及的剎那，令人想起少年伸長的手指，作家是否有能力去碰觸到？（新竹／李麗霞）

李潼：小說家在安排情節的悲歡離合、塑造人物的生老病死時，似乎也掌握了「上帝的權柄」，他彷如是個「紙上的創世主」。

但，他畢竟不是。

小說創作賦予作家一些特殊的權力，讓他在特定時空、別樣的心神狀態，去虛擬一個比現實更真實的世界。儘管小說家有比凡常更敏銳的洞察、更豐富的想像、更周延的組織、更熾熱的情懷、和更冷靜的思維等等能力；但他畢竟要認清自己是個凡常肉身，所有凡夫俗子的「人生七大罪」，他或多或少也具備，包括疑似堅定的偏執、疑似寬容的鄉愿、疑似慈悲的濫情、疑似聰明的狡詐、疑似積極的貪婪、和疑似正義的憤怒。

少年小說作家終究要向少年讀者伸出手指，何況少年已伸出他的手指，表現出向少年小說碰觸的意願，作家們更應該去揣摩少年的困擾與渴望；體會少年的愉悅和期待，藉由多種樣態、多種題材的小說為「手指」，和他們靈光灼灼的碰觸，讓彼此的生命火花照亮前程。

少年小說作家未能擁有上帝的「讀心術」——對世代少年一目了然的觀照；但只要「認清自己」的不足，而加倍努力省視、揣摩，雖有遺憾，指端仍有令人舒坦的光和熱吧。

72 少年小說與兒童小說、現代（成人）小說的差別在哪裡？

（高雄／吳燈山）

李潼：小說既然以年齡來分眾別類，便考慮了各年齡不同的文字閱讀力、不同的情節偏好性、不同的主題關懷心、不同的技巧接受度、和篇幅的承受量等等因素。

臺灣的「電影片分級處理辦法」將影片分為限制級、輔導級、保護級和普遍級四種。電影和文學作品儘管不能完全類比，但它的分級標準仍有部分可參酌之處：

- 「限制級」規定未滿十八歲之人不得觀賞，因其中描述賭技、吸毒、販毒、狎妓、搶劫、綁架、竊盜、走私、幫派或其它犯罪行為情節細密，有誘發模擬作用，以及恐怖、血腥、殘暴、變態情節嚴重。
- 「輔導級」規定未滿十二歲的兒童不得觀賞，十二歲以上未滿十八歲之少年，需父母師長注意輔導，因其中涉及性之問題、犯罪、暴力、打鬥事件，離奇怪異或反映社會畸形現象，對於兒童心理有不良影響，或有褻瀆字眼、對白不良引喻。

- 「保護級」規定未滿六歲之兒童不得觀賞，六歲以上未滿十二歲之兒童，需父母師長或成年親友陪伴。因「保護級」影片雖無「限制級」和「輔導級」所列情形，但涉及性問題、恐怖情節或混淆道德秩序觀，為免兒童心理產生不良影響，而加以規定。
- 「普遍級」則開放給一般觀眾觀賞。

這項「電影片分級處理辦法修正版」，選在一九九四年一個特別的日子四月一日發布。為方便察明，對於前三級的規定，幾乎全部採用負面列舉。

作為一個文學創作人，一個「心靈工作者」，我們當然不希望也不需要「萬能政府」也訂個類似辦法規範作家，限制、輔導及保護讀者。

一位少年小說創作者，對於作品的處理等級，遊走在「普遍級」、「保護級」和「輔導級」之間。他以通過自己理智和情感去認定的「少年讀者群」，設想什麼樣的終極關懷，對普遍或個別的少年未來有正面的鼓舞作用？什麼樣的情節可以讓這文體主訴讀者的少年得到樂趣、安慰、紓解或振奮？即使其中的情結涉及多數的「輔導級」乃至「限制級」事件，因基於終極關懷和正面訴求，作家們總不至於在負面事件的技術上做過於詳細的描述，不至於對人性的負面作為加以推崇。

文學所為何來？在陪伴讀者認識這個世界時，作家在紙筆間呈現的「虛構情節，真實感知」的濃縮或渲染的文學世界，儘管不可避免有些假、惡、醜、黑、灰、黃的人生諸相；但生命的光明和溫熱仍為我們仰望與把握的。雖遇上同年齡層多樣的個別差異，問題紛雜一些，能讓作家從容以赴的，唯有體會「大體年齡層讀者」的同理心，去做分隔，「雖不中亦不遠矣」。

73 既有少年小說，為何沒有少年童話？少年小說一詞的出現，是否只為凸顯兒童文學中從此誕生了小說一類？（臺北／林世仁）

李潼：只要有人去寫少年童話，便「有了」少年童話，若在作品的質與量都達到某個程度，它不僅「有了」，而且會像懷胎九月的少婦「有得很清楚」。

不也早有出版者、編者為某些作品體面大方的冠上成人童話的類別名牌？一部體貼少年情懷、揣摩少年認知的童話作品，怎不能光彩得體的貼上少年童話的標籤？

當然可以。

事實上，作為一名文學創作人，對於作品的類別名牌、形象識別的標籤，並不是那麼在乎。尤其在構思開始，某種閱讀群的設想是存在的、某種文體的基本樣態是存在的、某種基調的選擇是存在的；但這構思並不包括「嚴守格律」。以少年小說而言，作家更在乎的是，我能用什麼方法寫一個感人又好看的故事——這兩者未必同時並存。

我們不在落筆之前和之中，叮囑自己：我寫的是少年科幻小說、少年校園小說、少年冒險小說、少年歷史小說或其它可以製成識別符碼的，至少二十種名稱。我們作品的類別名牌，是在脫稿之後，發表出版之後，由編者、出版者、讀者，尤其是理論研究學者在他們的專業權責下給予冠上的。

寫作人不在作品的識別符碼自我叮嚀，是創作意識的自我尊重，也是鬆解識別符碼可能帶來羈絆的迴避。這對於創作狀態需要的自由伸展的心思，極有助益。

基於「職位分類」、「分層負責」的學界建構，也需要有人在作品面世後，代冠類別名牌、代貼品種標籤，以方便點名叫喚、方便招請洽談、方便類聚的比對研究、或方便區隔的欣賞分析。這些名牌、標籤的製作，事實上也很難做到精確無誤，因為多數的少年小說形象識別符碼，常含兩三種，甚至還有「少年科幻歷史冒險動物推理小說」，怎麼辨？總得大致選一個給安上。我們知道「製作名牌的人」有時也挺傷神的，尤其當他們讀到精采無比的作品，而這類作品偏又包含多種識別符碼，卻不好為它安上「少年N小說」，急得發慌，也有放棄（實在不甘）的念頭。

不過，這仍是「名牌製作人」的職責，他一放棄便怠忽職守，基本上，作品的創作人也無從為他分擔。

在這種概括的、方便的狀況所做的分類，最怕有人反果為因的以此「制式頭箍」來套配自然的、奇形怪狀的「各種頭顱」，認定那些不合尺寸的「頭顱」都是「不成方圓、沒規矩的次級頭」，不予列隊。

更值得寫作人警覺的是：別讓這些方便分類、方便於言論的符碼約束了，別讓所有名牌和標籤化成符籙，把一隻潛力無限的「思想猴」（呼應「思想貓」）

定在石下五百年。

不論少年小說、少年童話、童話小說、童話散文或散文詩，寫作人關注的重點是：我如何寫出精采的作品。至於作品的確切屬性，只要「有點認識而不必太操心」，可矣，自己反過來以識別符碼的合與不合，來接納或遺棄自己的作品，大可不必。

就像一位既寫小說，又寫散文、熱愛童話跨足戲劇，又涉及文學史研究的演說家，為方便認定，有人樂以小說作家看待他，或以學者專家介紹他，都無妨；若有人以膚淺的「樣樣通，樣樣稀鬆」來設想，並懲罰性的敷衍他，難道他就不能建構「多元身分」的自我認定，爭取「出線」，或我行我素的快樂走天涯？

當然可以。

臺灣的少年小說作者為什麼這麼少？（臺中／洪志明）

李潼：這問題有兩個回答方向：臺灣的少年小說作者是多是少？以及拋開「多或少」的從少年小說創作「難或易」來談，還可附帶談談它的能見度，及發表管道的狀況。

從《少兒報刊》雜誌發表的少年小說作品來看，臺灣的少年小說作家似乎屈指可數。

若從近幾年的幾項少年小說徵文參選件數來看，比如臺灣省兒童文學獎短篇少年小說獎、九歌現代兒童文學獎中篇少年小說獎、以及幼獅中篇少年小說獎的來稿件數，其中的臺灣少年小說獎，以及幼獅中篇少年小說獎的來稿件數，其中的臺灣少年小說作者便相當可觀。若再放眼臺灣各縣市、學會、文教基金會分別舉辦的兒童文學創作營，其中的少年小說研習作品和寫作人口，數量簡直驚人。

這些已結集、發表或散佚的少年小說作品，以及寫作人持續的、機遇性的人次，及實際人數的統計調查分析，儘管從未有研究者提出數據報告；但概括推算，我們相信絕不是屈指可數，而是一支「壯大的隊伍」。

能夠集結出版的臺灣少年小說作家，因牽涉持續或機遇的寫作態度、才情高下的寫作能力、起伏不定的閱讀氣候、和出版發行的商業機制，能這麼「水到渠成」的作家及作品量，的確讓人有「少年小說作家這麼少」的印象。

事實上，以人口比例來看，臺灣少年小說寫作人口不論從哪裡取樣，比起我們知道的亞洲任何地區，不僅不算少，還堪稱蓬勃。

兒童文學研究者是一種見識更廣博、涵容更深入的讀者，也就是非一般讀者可比擬。若有哪一位少年小說研究者有意深入探索，在選看「臺灣少年小說作家與作品」讀本的基礎準備功夫上，有兩項久被疏忽的工作，似乎應著力：

一、不理會既成的少年小說作家標籤。

二、廣泛蒐集「僅發表，未成冊」作品，和歷年各研習營集結習作。不以作家的「標籤色彩」選讀作品，而以作品的性質來分類，取樣的範圍便擴大，視野更寬廣。比如向來沒被貼上少年小說作家標籤的小野、張大春、張曼娟、楊照、朱天心、袁哲生的若干作品，便非常合適少年閱讀。

蒐集散佚篇數或各研習營集結的習作，功夫有些煩瑣；但在深入且廣泛的評析工作上，是必須的，也具有一定價值。

少年小說作品在大眾傳媒的能見度，受限於篇幅，刊載的空間較為寡少。短篇少年小說一旦超過四千字，即使作品質量良好，主編都要提出「拜託收斂一點」的告示；而中、長篇作品的連載機會，排隊等候三年四個月（這時間可熬出一個師父了）的情況，並不罕見。這可能對少年小說作家與作品的百花齊放，也產生制約作用。

至於「少年小說創作格外艱難」的說法，從不難發現早慧的詩作者，卻難有亮眼的小說少年作家，我們似乎能同意小說作家需要更多的人生體悟、更精微的表述、和統盤全局的毅力與能力的說法。

小說創作需要這些「艱難功夫」，小說再加上「少年」這一特定對象的種種認知，其中的伸展與框限，又是「談何容易」。

將少年小說創作的必要能力說得如此不易，若相對表示其它文類創作輕鬆簡單，顯然也說不過去。真正有能力、有意志、有願景的少年小說創作者，不僅不以此為託辭，更要修持精進。若「少年小說作者為什麼這麼少」是一種期許，我們更要「給你好看」的呼朋引伴，推出更多更好的作品為回報。

75 我預定在教職退休後，專心投入兒童文學（少年小說）寫作，現在應有什麼準備？（花蓮中小學教師兒童文學研習營）

李潼：將兒童文學寫作安排退休生涯的主旋律（專心），因這文體的特質，想必也能有個較明亮歡快的心靈情境。

這項二、三十年後計畫的準備工作，首先要做的是：持續不斷的給予「兒童文學的熱愛」加溫，這熱情一旦冷卻，其它準備便架空了。

多量閱讀兒童文學作品，培養對優劣作品的辨別力，並進入兒童文學寫作的氛圍——時常有好故事、妙想法要和少年兒童分享的情境。

開始磨練準確、通暢、美感和別具風格的文字運用能力，並在文稿上，將構思組織成一篇完整可讀的文章。時常動筆，讓手腦紙筆建立融洽關係。

深切體會「專心寫作」是什麼狀態，累積足夠的經驗，將這狀態內化為一種不受阻撓的習慣。

寫作是書案的靜態活動，但心神體能的耗費卻又異常驚人，且需長時間伏案工作（專心是促成的原因之一），所以精神的暢旺、體力的充沛，都得好好準備。尤其退休之前這二、三十年可能出現的人事紛擾，以及肯定會出現的無情歲月的侵襲，都得努力去平復與防衛。還有，不論將使用何種工具書寫，坐得住、靜得下來的功夫也不宜輕忽。

抱持希望的等待，有時也是一種美好感覺；但等待時間常有難料的意外，使得預期轉了向，使得盼望變了樣，這可能更需要心理準備。

在「文藝青年」時代結識的幾位文友，當年對文藝創作的壯志雄心，絕不在我之下，論才情更在我之上；但迄今仍是「現役作家」的人幾稀？他們對文藝的熱忱甚至早已消散，每每談起，不禁啞然失笑。

「辭去公職，專事寫作」，涉及創作力、文類、體能、意志、價值觀、家人及社會環境支持的各種條件配合，我不敢鼓勵文友「勇敢一點」的效法。附帶一提的是，我當年的決定，除了各種內外條件的評估，當時接連收到幾張同年友伴訃聞，對他「文藝壯志未酬身先死」的驚醒，不能不說有臨門一腳的作用。

年過四十的人，該以認清自己的性向能力，若能依此興趣選定後半生職業或志業，這趟人生也算沒有白走一遭。

就如在職生涯的「時間被分割、行動被限制、心思不自由」，教職退休後的寫作生涯，同樣存在著不同的「身不由己」的狀況，並不存在假想的閒雲野鶴、海闊天空，那些家事、國事、天下事依然難以擺脫。

美好的希望可以等待，但與其赫赫有聲、摩拳擦掌的預備動作，不如趁此熱身的同時，將寫作時間排為生活中的前幾名順位，當下便起筆。

76 少年小說應如何導讀？（臺南／張清榮）

李潼：導讀文章應放在小說文本之前，評論和賞析則未必享有這種編排上的優先位置。

比方於遊覽，導讀者正像一位有經驗的旅人或導遊，可以在行前為其它遊客做行程解說、提示重要景點和旅遊須知。成功的行前說明書，不僅可讓遊客對未來行程有個概括認識，更應該讓遊客有急於一探究竟的期待。

導讀文章的存在，是基於讀者可能找不到「門路」、看不到精采重點、未能發現文本奧妙，可能「走馬看花」疏漏的種種假設。所以要作者自序之後、本文之前，以「先發讀者」做一次解讀引導，以輔助讀者進入這部小說的世界。

既然已有作者自序，又何需第三者導讀？

作者的自序通常寫的是文本之前或之上的綜合性感想，並不直接涉入文本運作；說的是文本的前因、寫作的理念。所以，導讀依隨文本脈絡的著墨空間相當大，有時還有為文本畫龍點睛的作用。

作者既能創作文本，何不自認導讀？

這除了各有所司的「職位分類」，第三者的專業導讀人在解讀中，往往更能站在讀者的立場，給予「客觀陳述」，這種閱讀經驗的分享，並非每位文本作者能勝任。

導讀儘管是「依隨本文的脈絡著墨」，但又不是本文的重複。導讀者除了將小說本事大略摘要，可就小說的主旨和副題給予詮釋，可就少年讀者認知可能薄弱的部分加以闡明，另選擇作者的敘述技法、文字風格、情節安排、人物刻畫、伏筆呼應等等單項或多項加以說明。這說明有別於批評，也不同於賞析，只就自己的理解和感受做一托陳，而不下優劣判斷。

導讀的微妙關鍵，在於如何掌握作者的創作原意，和如何揣測少年讀者的閱讀與興趣。

有經驗且有信心的導讀人，通常能以他精準的眼力，見一般讀者所未見，甚至解讀出比作者原意更深廣的內涵，加以透析陳述。而比起評論或批判，導讀人也擁有和原作者諮詢查證的權利，這權利的行使，也絲毫無損專業質量。

導讀文章不論併同該文本成書出版，或另見其它報刊雜誌，都可能出現導讀上的精準、轉移、擴張、窄化、豐富或貧瘠。其中不同於作者原意的部分，是否反造成困擾？其實，只要作者體認「作品一旦問世，也開放了解讀空間」，尤其是這解讀在沒有對話討論的機會時，作者已然失去置喙餘地。而任何一位讀者，只要不以這篇解讀是唯一讀法，只要在受導引時並不迷信，也就是預留自己的解讀權，前此的顧慮，當可降到最低程度。

導讀人儘管會用相當多的功夫在作者原意和作品表現上的掌握；但通過自己的認知感受後轉化為導讀文章時，面對的將是少年小說第一順位訴求的少年讀者，在這時，又是一種視角和對話位階。

不論作家在創作少年小說作品時，是否已確切把握到面對少年讀者的視角和對話位階，導讀人都得對此有一明確認定。如此一來，導讀中的提示、凸顯、意趣、發現才能切合少年讀者的閱讀與趣點，一篇「成功的導讀」才有更大可能。

所謂評論、導讀、賞析或評介的操作方式有若干相似，它們區隔的發動也在於這面對的視角和對話位階，以及文章的預期功能不同。

評論人、導讀人、賞析人或評介人同樣鎖定某部作品為材料，評論人面對的基本觀眾是作者及專業同行，也就是「頗識門道」的專業工作者，他們相對也具相當程度的反評論能力，評論人固然不必戒慎恐懼；但在論點、用詞、剖析的力道上非但不必保留，更要「恭謹的放手一搏」。導讀人面對的是大抵在小說文學門檻惶惑探望的少年讀者；賞析則站在對作品欣賞的角度分析；評介是評論和介紹，它們面對的是「口味較淡」、「胃口不大」的一般讀者，重點在於如何以最精短、簡明、扼要的篇幅和內容，讓讀者有個重點式的認識，說得太多或太深，恐怕都不識趣。

少年小說呈現的地域性或國際性，何者為重？（臺北／王淑芬）

李潼：若能讓少年小說的地域性和國際性兼顧，何妨？

若以臺灣本土為一地域，地域性與國際性不可得兼時，當然得守住它的地域性。因本土為落腳生根之本、安身立命所在，尤其當小說題材、語文乃至首次發表出版都設定在本土時，地域性怎能不優先？

但少年小說的地域性和國際性，並非對立起來的兩種性質，它們反而是難分難捨、存在非常緊密的關係。

一九九三年在日本福岡舉行的第二屆亞洲兒童文學大會，「兒童文學的本土化與國際化」正是主要論點之一。雖然當時的「本土區域」指的是亞洲地區，「國際區域」泛指歐美地區，與會各國代表的討論共識是「大力發揮亞洲兒童文學特色，向歐美各國輸出兒童文學」，同時也形成認知：最本土化即為最國際化——最具本土特色的兒童文學作品，在國際兒童文學界才有引發注意的鮮明形象。

當時的會場，甚至隱有「兒童文學入超國，如果不努力加油成為兒童文學出超國，是不行的了」這樣積極奮發的氣氛，尤當嚴肅的日本文友，和中氣飽足的韓國同行發言後，更令人振奮。

「最本土化即為最國際化」的認知，縮小後使用在任何地域，及它所設定的國際，也是合宜的。

這地域性或國際性的呈現，大抵是在文化表徵上。也就是生活方式裡的衣食住行育樂，經由社會、經濟、政治、軍事、土地、氣候種種繁複演變的生活態度，與相對的地域和國際凸顯出特色，以及能夠感受、樂以理解的美好狀態。

人們的閱讀心理，同時包含對「新奇題材及形式的興趣」和「熟悉題材及形式的眷戀與深入的心願」，前者的「新奇」似乎更受人們的耳目注意，尤其是少年兒童閱聽者喜好。

少年小說作家以「理該熟悉」的本土生活經驗去擷取題材（也有人總是「太近而看不清楚」或日久生膩，始終擷取不到），能見人所未見的化平凡為新奇；想人所未想的化膚淺為深刻；寫人所未寫的化平淡為生動。如此，作品獲得本土地域讀者喜讀樂見的可能性便大為提高，也具備了國際性的有利條件。

少年小說作品的「國際性格」，還不僅來自本土地域文化涵蓋下的題材、形式的新奇殊異（尤其對於域外讀者而言），它最動人之處是來自「放諸四海皆準」的人性刻畫，這才是它吸引域內域外讀者的主因。不論如何，少年小說創作人對人性的宏觀了解，需要大下功夫。

若以在一九九八年風靡世界各地影迷的電影《鐵達尼號》，為不十分準確的比方，分析它為何如此「國際性」，我們對少年小說（文學作品）的國際性底蘊，還是能有幾分體會。

這艘首航於英美間豪華的客輪（區域性）的災難故事，電影的拍攝技術、投注龐大人力、物力呈現的磅礴氣勢，及奧斯卡金像獎給予提名十二項所顯示的「最佳」之外，它能風靡全世界影迷，並造成口碑的主因，還不是那十二項「最佳」的提名，而是劇情中呈現人性衝突、愛恨的取捨、生死的抉擇、貧富的命運、職責的擔負和推卸……這些跨越地域、種族、文化而為人所感受並理解的人性。

少年小說的國際化，比起我們藝術同行的電影、音樂、美術、戲劇的展演藝術，限於文字翻譯的局限性，在跨界的傳播上，是「先天不足」的；在成為國際文化財的基本能見度上是遜色的，文學藝術工作者對此一「宿命」的了解愈深，使力的勁道當會更強吧。

小說家從事創作時，心中要有讀者？（臺中／洪志明）

李潼：這問題若改為「少年小說家從事創作時，心中要有讀者」？它的答案便是肯定的。

小說家既然自詡為少年創作小說，他心中怎能不設定讀者群？儘管少年小說的主題和素材，仍有很大的發揮空間；但關注少年身心正面發展的小說作家，心中必有一把尺，存在「該不該去選用它」的自我約束。對於社會種種畸形現象，或犯罪行為的恐怖、血腥、殘暴、淫穢或變態，也會有「為什麼要寫」和「寫到什麼尺度」的自我省思，並在文字和技法運用上做有意識的選擇。要不然，又何必做分類的自詡？

在「創作自由」充分的社會，也包容「為自己而寫」的作家去從事寫作（雖然他也急欲將作品訴諸大眾，並不「純為自己而寫」的收藏為私密札記、日記）。這些作家想怎麼寫，就怎麼寫，他當然可能寫出適合少年閱讀的作品，也可能寫出更合適成人閱讀的小說；或寫出有違「文學終極關懷」，看了不能帶來正面思維和情感託寄的小說。反正，他只管為自己的創作欲交代，而不去操心文體分類、分眾閱讀的問題，將「辨識權」交給讀者和理論學者。

寫作純為討好讀者、取悅自己、或兩者之間的尊重讀者及自己，最後的檢驗都得回歸到作品，讓作品判讀它的合適性。

一部少年小說作品能否與讀者產生共鳴效應，是作者與讀者的微妙互動。作者既有意公開作品，便不能說「我只為自己而寫，我不在乎作品效應」。若此，他以「私密日記」心態公開的作品，所為何來？只為「你看不看都無所謂的發表欲」；為個人爭議話題的能見度或只為稻粱謀？

作者存在的「讀者意識」，儘管廣大而模糊，仍有因時、因地、因人的浮動揣測，仍有「大處著眼，小處著手」的鎖定層次。「讀者意識」一旦形成，不論多麼模糊浮動，其中的素材選取、主題設定和包括情節安排、文字運用在內的種種技法，便自然有更大可能在小說藝術的大範圍裡遊走，相對也有了讀者共鳴的契機。

讀者有權選擇「有感應」的小說作品來接觸，進而決定是否有始有終的閱讀。對於「看得迷迷糊糊，甚至看不懂」的小說，讀者當然也有權判它是「壞小說」，問題是：這判定的代表性有多高之外，稍不任性的讀者，把閱讀開拓當為終生學習一部分的讀者，也應當知道，在判定一部作品「好或壞」之前，也得審視自己的「閱讀視野」，檢查自己進入本文的力度，以及進入本文後的深度。若僅僅因該作品的書寫風格、題材方向或實驗精神違逆了自己似深猶淺的閱讀習慣，便一口咬定它是「非好小說」，這何嘗不是失責的讀者；何嘗不是既任性且武斷的自大型讀者？

作者和讀者不存在互動的強制性契約，兩者的微妙互動，唯有雙方各盡寫與讀的「道義責任」，相互體貼並帶領，才能圓滿。

附錄

尋根者進入太空迷航與發現

永遠少年的路

你為什麼從事少年小說創作？

一年總要遇上十幾位好問的人，很認真的問我這問題。不知他們對從事其它文體的寫作人，是否也問「你為什麼要寫散文？」、「你為什麼要寫詩？」，朋友們的好奇，不在於文藝理論上的「你為什麼要寫作？」，而純然是對少年小說這樣一種文體的陌生。

以少年的心思，寫少年的生活場景，寫少年成長的情節，讓少年樂於閱讀小說；但在鼓舞少年老成，或設想少年不知世事的兩極化的看法，讓少年小說不容易得到應有的看量。

少年現實的問題，常不能與拓展的心思，日日長大的身體同步並進。能吃能睡能動能跳；敢哭敢笑敢愛敢恨，若要強壓成不能、不敢，這種節制在扭曲之中，有些少年甘願潛伏；有些則不甘願的叛逆。不過不論是否甘願，但願有幾十部為他們而寫的少年小說，或許可以讓少年在鬱悶的急速成長期，得到閱讀的樂趣，得到心思的安慰和紓解。

少年小說寫作，也不完全是這麼悲壯的使命。我寫得愈久，愈覺得寫作人的自然心性，更主導寫作方向。

我的少年時期，完完整整的在臺灣東部度過，花蓮山水的險峻和秀美，地理的開闊和封閉，人文的單純和複雜，讓任何一個不快樂的青春少年，多少還有快樂可以撿拾。少年蓬勃的好奇，滋生許多疑惑（那時的花蓮民意代表選舉已有買票、作票的傳聞，不過沒有一個夠力的人炒得起來；我們只是不懂為什麼有人這麼在意當選或落選），我們學習關心和不關心，從小眾傳播和大自然去找答案。我們在美崙山曲折的洞穴，搜尋所有的可能，感受洞穴的陰涼和空氣的鬱悶，在不確定的地道做美好與險惡的揣測，認定自己的探險，終將有所發現。

許多太深或太淺的圖書，藏在濱臨海岸的科學大樓二樓，有些書我們有時會看得不耐煩，或不知所云；但是在沒人強迫午睡的正午，還常常去，甚至膽敢蹺課蹺到圖書館。讀得不來勁了，乾脆趴在書上作夢，將書中能懂的部分，再一次增刪和組合；有時也夢見自己正在作夢，感覺很好。

少年的求知欲，永遠飢渴。我們享用各種傳統和非傳統的食物，即使一朵花、一根草也要讓舌尖試試；我們在大人劃分本省人、外省人、客家人和原住民的時代，卻興趣盎然遊走各方，在各族群間左右逢源。在沒有適合我們閱讀的書籍之外，讀了一些最動人的人生大書，「少年的心是澄淨湖泊，靜靜接受了拱虹、雷雨、雲彩和飛鳥走獸的投影，在心湖深處清楚分類，一一存藏。」

環境變遷，不同世代的少年，仍有共通的心性。我的少年時代印象太深刻，一直和往後的日子互補與驗證；我寫少年小說是體貼少年，也是安慰自己。

臺灣的兒女自得其樂

有人說寫作的人，最需要的是一個破碎的童年，但我在花蓮並沒有什麼「殘酷的往事」，相反地，卻充滿了豐富美好的回憶。我寫作之初，並不覺得花蓮的成長經驗對我有什麼影響，但年歲漸長，越覺得我在花蓮的生活經驗，是我寫作的一個重要源頭，也是我寫作上非常重要的素材。

當年我念完花蓮初中之後才離開花蓮，全家搬到臺中，然後就一直在外頭跑，目前定居在羅東。因為我在後來所寫的文體，主要是在少年小說方面，所以更容易扣連我在花蓮的成長經驗。

花蓮很魔幻寫實

花蓮是一個非常典型的移墾社會，在這裡有閩南人、客家人、阿美族人，還有一九四九年來自中國大陸各地的外省人，文化多元且相當融合。以我童年所住的鎮安街來說，我的鄰居就包含了以上所說的各種族群，而且各行各業的人都有。

我小學時期時常去「遊學」的一位同學的母親是日本人，對待我們這些十一、二歲的小孩子，一向非常客氣，讓我們覺得自己像個大人般受尊重。我們曾到一位姓潘的阿美族同學家，她祖母說她已經百多歲了，我們總是不相信，因為她還常常拿一根棍子趕雞，而且還會「挑蛇」。每年重陽節，記者都會到那祖母家裡訪問她的養生之道，我們常看到她對記者愛理不理的，逕顧嚼著她自己調製的檳榔。沒想到那些記者也真厲害，第二天我們在報紙上，還都能看到他們寫一大篇有關祖母的養生之道，例如早睡早起啦、晚上睡前喝點小酒啦之類的「觀察報導」。

我還有一位同學，家裡是開棺材店的，我們幾位同學第一次到他家裡時，才見識到棺材有那麼多種：紅色的、黑色的、有基督教用的黃色的，還有小孩用的，那時突然意識到死亡這件事。我這位同學家裡，木板雖然很多，但偏偏就是沒有書桌，我同學的父親指著一副棺材蓋板說：「這不就是桌子嗎？」

記得當天中午過後，同學父親在他店裡的一副棺材樣品中睡午覺，我另一位同學的母親，先是在這棺材店外叫喚她的兒子回家，我的同學沒有回應，於是她又走進店裡，繼續叫喚兒子的名字，結果，吵醒了正在棺材內睡覺的老闆，只見他忽地從棺材裡坐起來，對著我同學的母親大聲說：「才睡一下而已，吵什麼吵？」這位原本要進屋裡找兒子的母親，當場暈倒。

後來，我這位同學母親精神渙散了，被大家送去收驚，怎麼都治不好，結果還是因為喝了棺材店老闆阿塗伯的「口水茶」，才回過神來。

以上這些事，實在很像拉丁美洲作家所寫的「魔幻寫實」的東西，不論是那位已經一百多歲卻還能健步如飛趕雞的祖母；或是給口水茶讓人當藥喝的阿塗伯，這些人、這些事，都是在花蓮生活經常可觸及的經驗，生活似乎已經卡通化了；但卻又絕非卡通，而是活生生的真實經驗。

發生「棺材店」事件之後，我們幾個小孩「負荊請罪」向同學的媽媽道歉，她非但沒有責怪我們，反而怨嘆那是她自己的災厄，不斷的怪罪著自己的前世，這讓我們幾個惹禍的小孩更難堪。這些生活經驗，後來也都化為我小說中片片斷斷的素材；而那些經驗中蘊含的理念，在我歷經更多的人事變遷之後，變得更為清晰可見，讓我更有脈絡可循，覺得有個「故鄉花蓮」在那裡，真好。有個記憶上的、心靈上的故鄉讓我回去，這對於一個文學人來說，是非常重要的。

安全的迷路經歷

我生性有點迷糊，因此，小時候有不少迷路的經驗。在我五歲的時候，花蓮王母娘娘廟舉辦大拜拜，我在自己家前看熱鬧，在整個遊行「陣頭」的隊伍後面，我耳尖聽到有人說，遊完街要回到廟裡吃豐盛的「平安粥」和「平安湯圓」，因為嘴饞，所以就跟著「陣頭」而去了。到了王母娘娘廟看到三個大鍋子，兩鍋「平安粥」和一鍋「平安湯圓」。因為鍋旁到處都是人，我無法靠近；於是我坐在一座石獅子旁，等著別人盛粥或湯圓給我吃。後來果然有一位「大人」見我一個小孩子可憐，盛了一碗粥和一碗湯圓給我，直到今天，都已經四十年，那碗粥和湯圓的美好滋味，都還讓我記憶猶新。記得當時吃完平安粥後，我就睏得在石獅子上睡了過去，醒來後發現幾乎所有人都走光了，那種感覺，恍惚是做了一場夢一般。後來，當我準備回家時，才發現在那王母娘娘廟的廣場邊，雖然有許多路，好像每一條都可以通往我家，但又不確定是那一條路。後來，有一位帶髮修行的「菜姑」走過來問我：「你叫什麼名字？幾歲？」

「我不能回家了。」我答道。

「你住在哪裡？」

「我們家那裡有兩條鐵軌，還有一座橋。」

「菜姑」就試著領路帶我回去。那是一個日落黃昏的時候，心情很焦急慚愧，而肚子又非常的滿足，被一個「菜姑」帶著沿鐵軌走。那鐵軌在黃昏時，是二條亮亮的長線，就那樣走著時，我不知道將通往哪裡，也不知道是不是能夠回家，而回頭一看，也還是二條亮亮的長線。我想，那可能是我生命中的經典畫面吧，後來，終於走到我認得的那一座橋，也回到了家。

在花蓮那樣的一個迷路經驗，我覺得格外有意思，那樣的迷路，基本上是安全的——不管是人的迷路或是心的迷路。

我很慶幸生在花蓮，因為人不僅在五歲的時候會迷路，十五歲時、二十五歲時都可能迷路，一種心的迷航。我們總也會在人生的路上痛苦焦慮，不斷被要求必須下判斷，而每一個判斷都左右著你人生的道路，將來雖然也有轉換的機會，但也會讓人多繞了一圈。

我也很慶幸自己念了花蓮初中，一所位於太平洋海岸的好學校。在花蓮初中念書的那段生活經驗，對我後來的寫作，也有很大的影響。記得有一次學校午休時間，忽然發生了大地震（印象中花蓮的地震不會很久，但是蠻猛的），當時我正在圖書館內走著，一個書櫃就在我面前倒下，整排散落一地，此時剛好有一本書「灑」在我的腳上，書頁攤開著，正是胡適所寫的〈祕魔崖月夜〉，於是我在搖晃中讀了那首詩，「依舊是月圓時／依舊是空山靜夜／我獨自月下歸來／這淒涼如何能解／翠微山上的一陣松濤／驚破了空山的寂靜／山風吹亂了窗紙上的松痕／吹不散我心頭的人影。」我想我永遠不會忘記這件事——在地震中看到一本書攤開來，以玻璃碎片當書籤插在書中，就這樣讀著〈祕魔崖月夜〉。後來我寫了一本書，就叫做《我們的祕魔岩》，既用到了那首詩，連當時那個場景也用到了。

二二八事件誰來負責

現在的花蓮港務局附近就有一個「巖」，那曾經是一個非常恐怖的地方，在二二八事件時期，是一處槍斃人的場所。被槍斃的，不只是本省人，而是各行各業的人都有，所以那地方留下許多的冤屈血腥。二二八事件留在人民心中的痛和恐懼，至今還未完全消除，這問題絕對需要好好處理才行。

《我們的祕魔岩》就是描寫一位小孩子的父親——王醫師，就在那地方被槍斃了。這小孩長大至十四歲左右，才知道這件事，後來他去尋找父親被槍殺的真相，刺激同伴在巖邊翻跟頭，嘗嘗在高崖上面對死亡的恐懼感。

這些殺戮之事究竟該由誰負責，是槍殺人的劊子手該負責任呢？還是發出命令的指揮官該負責？還是政策之上的領導中心要負責？而領導中心之所以會這個樣子，到底是誰縱容了他呢？是不是我們沉默的民眾也要負一些責任呢？因為在悲慘的事件發生時，每個人常常為了自保而沉默，甚至因默許顯示贊同。

到底是誰該為二二八事件負責呢？我在書中討論這個問題，書中有位人物「毛毛」，毛毛的爸爸是個黑人，他的媽媽是一位Bar-girl。以前在花崗山山腳下，有許多Bar，越戰時期有許多美軍會來此度假，花蓮在當時還曾因此而賺了很多的外匯。

有一群吧女被罵，當時一位就回道：「你們算什麼？我們這些Bar-girl為國家賺了多少外匯，你們知道嗎？」

如果我們必須重新去看某些事情，不論用世俗的眼光去看待，或以歷史的角度去觀照，我想小說都可以發掘這樣的東西。小說不只是「說故事」而已，它的故事裡還有所謂的「骨頭」，這些「骨頭」可以讓人咀嚼，它不只是一塊肥肉而已。

有人總是把小說看成是一道飯前的沙拉，或飯後的甜點，但未曾想到它可以是一道主餐。別因為它包含著一些故事就輕蔑它，那些故事或所謂精采的情節，只是為了吸引人看下去而已，就怕我們看不到故事內的「骨頭」。「看小說」這件事，作者和讀者都需要一定的程度，讀者可以假設作者有些東西，埋藏在作品內更深層的某個地方，作者一定有某些話要說，只是不方便那麼直接的說出來。作家並不是在寫哲學或向人說教，也不是在寫藝術、格言，而是在寫生活。

什麼人才是臺灣人？

「臺灣的兒女」系列一共一百多萬字，分成十六本，時間則橫跨一百多年，主題是要尋找「什麼人才叫臺灣人」。誰是臺灣人呢？臺灣人究竟是怎麼回事？臺灣人究竟有什麼樣的遭遇？有人說一、兩百年前移民到這裡的才是臺灣人，但民國三十八年之後才來的，就不是嗎？所謂臺灣人是用移民時間的先後而定的嗎？臺灣人究竟是什麼樣的人？臺灣人很兇嗎？有人說臺灣人很濫情，是嗎？「臺灣人很不經嚇」，是嗎？在小說裡，我試圖去找尋什麼樣的人才是臺灣人。

而基本上，在花蓮的經驗會對我的寫作有所影響。花蓮雖然是我心靈的故鄉，但一個寫作人也可能會跨越出去，我們很難要求一個作家：「你要為故鄉負責」、「你要為鄰里鄉親負責」或「你要為花蓮市的鎮安街負責，因為你在那出生」……我想一個作家選擇題材會更自由、更廣泛，所以他會去找其它地點描寫，他覺得適合的題材，也許也會提到花蓮；但花蓮的朋友閱讀文學作品時，千萬不要只讀有關花蓮的部分，就像住在花蓮的人，不可能只吃花蓮出產的東西，其它外地來的東西一概不吃。

《少年噶瑪蘭》的背景故事

《少年噶瑪蘭》從一九九一年十月開始，在臺灣《自立晚報》本土副刊連載的一百五十天期間，陸續有多位寫作界的朋友，及在各地兒童文學研習營認識的學員，表示希望能知道這部小說的寫作背景。他們的要求，當然超出一般讀者的範圍，對作者而言，一般讀者只要在作者架構的小說情節盡興暢遊，獲得一些感動和了解，雙方便算盡責了，至於寫作的動機和過程，在思維和技術上的波折，其實是非常「個人隱私的」。話說「鴛鴦繡了從教看，莫把金針度與人」，針繡畫絹如同編造小說，其中的紛雜，作者千頭萬緒，若示於人，怕是一般的觀賞者對於構圖如何、用色如何、針法如何，未必耐煩。

臺灣少年小說創作的人才和作品，一直被愛護者惋惜的是，缺少大開大闔的格局，但值得慶幸的是，創作的人才和作品向來持續不輟，總有人投入這難度不低的文學創作。要求我將《少年噶瑪蘭》的寫作筆記公開的文友們，基本上，都是臺灣少年小說的關心者，或目前也從事少年小說寫作的人，他們善意的探知裡，有自勵勉人的切磋之意，所以，考慮再三，被他們說服，也說服自己，不顧前人訓誨，願意將這些原屬於「作者的心路密道」、「小眾感興趣」的筆記，托陳出來。主要希望《少年噶瑪蘭》的構思和寫作歷程，能讓有心寫作的朋友累積經驗；讓有興趣的人作為參考；有評讀習慣的人也可多個背景索引。

依照原定的寫作計畫，十三萬字的《少年噶瑪蘭》應該在一九九一年十二月底完稿。這樣刻意的約束，有幾個意思；《少年噶瑪蘭》是我辭去公職，專事寫作的第一部長篇小說，我想知道動筆之前所做的時間預估，能有幾分準確；另一個有趣的想法是，希望《少年噶瑪蘭》的完稿，作為自己迎接四十歲的賀禮。

終究到一九九二年一月七日清晨，我才寫下《少年噶瑪蘭》終結的第二十章，最末幾句話：「潘新格緊握住三支山豬牙，讓它們實實在在的鑽刺掌心，終於痛得笑起來。」時間稍有延誤，幸好相差不多，只是末了十天的寫作量大增，反增加了出版前的修訂工夫。

《少年噶瑪蘭》從構思、擬綱要到起筆，完稿期間，有關噶瑪蘭人的尋根活動，竟彷如冥冥中被安排約集，一個接一個的，在史無前例或停辦四十多年後，陸續展開。許多背景材料的訪談，就這樣得來不費工夫。

《少年噶瑪蘭》的小說背景，主要在一八〇〇年的噶瑪蘭平原頭圍（頭城）和加禮遠社（今冬山河出海口沙丘下的季水村），藉由一位一九九一年的現代少年玄奇的尋根之旅為主線，展現來自中國大陸漳、泉、粵各族和先住平原的平埔族噶瑪蘭人的互動消長，一個古今交錯的初戀史和新舊的生活態度、生活方式、以及一段淒美壯麗的移墾史。

這樣一個龐大的小說背景，在臺灣的少年小說界，幾乎不見前例。這對於我的學養認知、文學技法和寫作毅力，都是一項挑戰。這種「艱難感」，並不是在構思之初發現，而在匯集大量的背景材料後，即將著手寫作之時，整個人反陷在豐富得龐雜無序的材料中，既驚且喜的茫茫然，好像一個即將遠行的旅人，原本一個單純的念頭，在化為行動時，竟收拾了三大件五大箱的行囊。在這一整年的一百五十個寫作天當中，最幸運的是，精神體能一直保持在絕佳狀態，除了打球運動，扭傷足踝，幾乎無病沒痛，日常生活也沒有重大的人事干擾。

更幸運的是在蒐集材料、做田野訪談期間，乃至在動筆過程，一些塵封的歷史材料；一些與《少年噶瑪蘭》相關的背景紛紛呈現，也因聽了眾多的傳言，明白更多掌故，知道更多線路，其中鼓勵、恐嚇、歡迎和阻攔兼有，事情變得複雜，終於也懷疑「原本的路線有無問題？」、「會不會去了半途迷路，枉費心力？」、「要不要另選個地點和行程？」這種焦灼長達半個月，險些讓這寫作計畫，在茫然中放棄。

在這無所適從的期間，我採取「自然療法」，幾次到故事背景的兩個主要地點，冬山河口的加禮遠社和草嶺古道，站在那裡的沙丘頂上或山巔埡口「看風景」。

我在那個寂靜高處，試著將所有材料放掉，重新思考「我為什麼要寫這個題材？」、「最早感動我的人、事是什麼？」釐清原點、鞏固意念，讓一切重新來過；這方法顯然可行。

在寫作材料的累積，到情節走向的編排，我採用卡片、筆記、攝影、錄音、影印、剪貼，大致分類後，加以瀏覽，再依年代順序整合。經過「混亂期」再到主要情節浮現這期間，我完全利用「冥想」擬定綱要，同時將主、配角人物，時間軸心以及情節的副線確定。因為《少年噶瑪蘭》是一部長篇小說，這些提綱挈領的準備工作，輔以「腹案澄清」方式，對我最為妥當。撰寫學術論文的那些材料整理方式，對於小說所著重的人物刻劃、性格浮現及情節的微妙串連，極有可能導入過於清晰而顯生硬的危險。

我原想將這些主情節用圖表規劃、並撰寫人物的性格形象為備忘，幾度嘗試，又都放棄了，我只記載八、九處重要轉折，其它細節放在心上，開始從事體能健康的培養工作，每天傍晚到住家附近的歪仔歪社區活動中心運動，和一群體能充沛的高中生打籃球鬥牛，每天汗流浹背的在那大草坪吹風納涼，讓《少年噶瑪蘭》的情節和人物，在這種大好黃昏中一再搬演，在寬鬆的精神狀態下，讓情節和人物自然鮮活。雖然小魯文化的陳衛平和沙永玲，以及《自立晚報》本土副刊的林文義，一再探詢催促，我仍等到整個小說的感覺飽滿了，動筆寫作的趨迫感充足了，才澈底整頓書桌，備便三本全新稿紙，在三月中下旬著手。

《少年噶瑪蘭》的基本結構章節，因訴求的是少年讀者，採取的是秩序感清晰的一前一後時空跳躍方式，大致是一、三、五章在一八〇〇年、二、四、六章回到一九九一年，及草嶺古道主場景與淡水或加禮遠社互跳。我相信現代的青少年，對電影的蒙太奇手法有豐富的觀賞經驗，只要我在小說的主線索嚴密掌握，單一事件和文字基調加濃，即使在小說開頭幾章的「布線」鋪陳，也能讓他們保持耐心看下去。

前五章的進行非常順利，三大「人物集團」的加禮遠社女巫、羅東的潘新格和彭美蘭、淡水的蕭竹友和何社商，他們生活場景的色調，各具明亮彩度，筆端在其間遊走。自己非常振奮，原定每天早上九點到十一點寫兩個小時，晚上八點到十一點再寫三個小時，字數控制在二、三千左右，這時竟有一天寫了十四小時，一天寫八千字的記錄。這種欲罷不能的情況，其實非常透支心力，明知道往後兩三天會「內傷」，但在熱頭上，也不得不放縱自己。

《少年噶瑪蘭》書末所附的年表，是《少年噶瑪蘭》故事的續篇，這年表，卻是在第八章完成後，便羅列出來了，因為整個故事的人物、事件及發展，早已十分明白，潘新格、蕭竹友、何社商和女巫呼吧及春天的腳步手路，言談聲嗽，甚至如影隨形，我一閉眼，就看見。

專業寫作的好處之一是：時間能夠自己安排，但是這種自由，也不是絕對無礙的。其中仍有家庭因素、人際關係和難以推辭的會議、座談、稿約，甚至突來的訪談，讓時間滑指而過。當然這些預期或不可預期的活動，有時也有調劑身心之功，但最怕是一些冗長近乎無聊的會議，讓人喪氣而生氣。

《少年噶瑪蘭》的長篇寫作期間，我居然在同一年，仍發表了一〇七篇短文，單篇作品字數在六百到一萬字左右，接聽了至少一千通電話。《少年噶瑪蘭》完稿後，自己重看了五遍，最感慶幸的是，整體而言，並沒有太大閃失，讓自己十分驚喜。

歷史小說的撰寫，困難不在史料的蒐集，而是觀點的選擇，和如何讓人物立體起來；如何讓遙遠的史實，仍保新鮮感；虛構的成分如何與史料交集疊合，而仍有真實感。歷史材料，大抵以政治的、軍事的觀點平面的陳述人和事，小說則不然，它必須相對的人性化、生活化，它有更多的觀點可以重新看待過去的所有人事地物。

《少年噶瑪蘭》既已出版，我的讀者，是否能從中獲得閱讀的樂趣，能否感受一些美感，甚至從中獲益，自己不敢預料；但顯然的，撰寫《少年噶瑪蘭》是我四十歲之前最痛快淋漓的一件事，我看到自己又向前跨了一小步。

國家圖書館出版品預行編目資料

李潼少年小說創作坊 / 李潼作. -- 初版. -
臺北市：幼獅, 2017.10
面； 公分. -- (工具書館；9)

ISBN 978-986-449-088-2(平裝)
1.青少年文學 2.小說 3.寫作法

812.71 106014551

工具書館009

李潼少年小說創作坊

作　　者＝李潼
出 版 者＝幼獅文化事業股份有限公司
發 行 人＝李鍾桂
總 經 理＝王華金
總 編 輯＝劉淑華
副總編輯＝林碧琪
主　　編＝林泊瑜
編　　輯＝黃淨閔
美術編輯＝李祥銘
總 公 司＝10045臺北市重慶南路1段66-1號3樓
電　　話＝(02)2311-2832
傳　　真＝(02)2311-5368
郵政劃撥＝00033368

印　刷＝崇寶彩藝印刷股份有限公司
定　價＝280元
港　幣＝93元
初　版＝2017.10
書　號＝982064

幼獅樂讀網
http://www.youth.com.tw
e-mail:customer@youth.com.tw
幼獅購物網
http://shopping.youth.com.tw/

行政院新聞局核准登記證局版臺業字第0143號